JN224774

パセリとチコリと、鶴美さん

仁藤ちどり
NITO Chidori

文芸社

まえがき

　この本は、鶴美さんとその娘達「パセリ」「チコリ」姉妹、そして一緒に暮らす母親の亀代さんの物語です。

　なぜ、パセリ？　チコリ？　それは野菜のパセリとチコリを鶴美さんがこよなく愛するからです。緑色が大好きなのです。だから、娘が生まれたらその名前にしたいと鶴美さんは考えていました。結婚して待望の女の子を次々と出産、ここまでは順調でした。幸せな日々を過ごしていたのですが、一生添い遂げるはずの鶴美さんの最愛の旦那様が突然亡くなります。そこから鶴美さんは二人の娘と母親に支えられながら独身人生を歩み始めます。

　あ、犬達を忘れていました。中型犬の兄弟です。この二頭がいつも家族のように鶴美さんの心を癒してくれました。それと、意地でも一人の時間を大事にしたいと言い張って適度な距離を置く亀代さんとの会話でさまざまなことを学びながら、人生の流れに決して逆らわず目の前に起きる現象と楽しく向き合いながら、面白おかしく人生を歩んで行く鶴美さん。八方美人、嫌と言えない性格、いろんな見方ができる人です。失敗も恐れずチャレンジ精神も旺盛です。

　あまり男性に興味のなかった鶴美さんですが、さまざまな男性と出会います。ちょっぴり恋もします。そしてついには「推し」も登場。
さあ、鶴美さんの人生冒険物語を、娘である私チコリがご案内します。

目次

私達ファミリーのこと

　パセリは私の姉の名前です。チコリは妹である私。私達の母、鶴美さんが名付けました。私チコリが、これから家族の話をします。

「パセリとチコリ」ずいぶん変わった名前でしょ。由来は単に鶴美さんがパセリを大好きだったからです。友人と外食した時のことです。仲の良い友人が食べないパセリにまで、「食べないのならパセリ、ちょうだい」と手を出しました。

「あなたはいつもパセリを食べるのねー」

「ええ、私はパセリが大好きなの！　将来結婚して女の子が生まれたら、パセリという名前をつけたいの」

　漢字まで考えていました。「葉瀬里（ぱせり）」。

　次女が生まれたら「知湖里（ちこり）」。

「へえー」と友人。

　さて、その後、鶴美さんは二十四歳で結婚しました。本人が言うには「大恋愛だったのよ」。お相手は当時売れっ子のファッションデザイナーでした。今は亡き私の父です。どうやら鶴美さんの憧れの人でした。鶴美さんもファッションデザイナーの卵です。父は鶴美さんの職場にフリーのデザイナーとして週一回訪れていました。十人の女性スタッフがいましたが、皆を押しのけて父をゲットしたようでした。

結婚生活が始まり、鶴美さんは家で父の仕事を手伝うようになりました。と言うのは、父が、自分の側に置いておきたかったからみたい。

「鶴美、デザイナーとして、この業界に長くいると女性は擦れちゃうから、僕の助手になって手伝って欲しい」

(え！　私の夢は、バリバリデザイナー⁉)

えー！　そんなあ⁉　と思いましたが、愛する彼の希望なので、「はい、喜んで」。

と言う訳で、デザイナーの卵からは成長せずに茹で卵になりました。

「私はファッションデザイナーの茹で卵。でも良いの、幸せだもの！」

二年後に大望の女の子が生まれました。

もちろんパセリと名付けました。三年後には私が誕生、チコリと名付けられました。

それはそれは、とても可愛がられました。

「長女がパセリなら、次女はチコリでしょ」

鶴美さんは大満足です。こうして野菜姉妹が誕生したのです。野菜姉妹は両親の愛情に包まれ、すくすく育ち、パセリとチコリは小学生になりました。住居は、鶴美さんの父、つまり私のおじいちゃんが亡くなったため、家族みんなで、鶴美さんの実家に一緒に住むことになりました。一階は私達家族、二階は鶴美さんの母、亀代さんが生活しています。二世帯住宅になりました。

戸建住宅で少し庭があったため、パセリと私は、犬を飼いたがりました。父も鶴美さんも「自分達で面倒みるならいいよ」と賛成してくれました。

「でも、散歩は誰が行くのかな?」と鶴美さん。

父が言いました。

「俺が行くよ」

「私は忙しいから行かないわよ」と鶴美さん。

さっそく、ご近所の憧れの優しいお姉さんの家に犬をもらいに行きました。のちにパセリと私は、このお姉さんの通学している女子高に通うことになります。

五匹生まれた子犬から、さてどの子が良いかなー? 父も一緒に選びます。

ところが困ったことに、意見が分かれました。

パセリは、「茶色の子犬がいいわ」。

「私はこっちの真白な犬」と、チコリ。一匹もらうつもりが、それぞれ違った子犬が気に入りました。

「えーい、めんどくさい！　二匹もらっちゃおう」

優しい父でした。家で待っていた鶴美さんは、「まあまあ、いいかあ」。子犬達が、とても可愛いので許してくれました。

「犬達にも名前を付けなくちゃね」

野菜姉妹は考えました。

「茶色の犬だから、チャミにするわ」とパセリ。「白い犬は、シロ」と私です。

何て単純？　ではないのです。当時大ヒットした映画、「マリリンに逢いたい」に登場した、シロにあやかって付けたものです。

この映画は雌犬マリリンにシロが恋をして、海を渡って逢いに行くという、犬の物語でした。実話をもとに映画化されました。ワンちゃんにも恋愛感情があるのですねえ。そういえば、「わんわん物語」という絵本がありましたっけ。

そしてチャミとシロは、あっという間に成長して散歩が必要になりました。

「さて、今日からパパが行くかあ」と、約束通りの一日目です。ところが鶴美さんの心配した通り、次の日からは、「パパは行きません。鶴美、散歩に行ってよ！　頼むよ」。

「えー、俺が行くよって、行ったじゃない」ぷりぷり！

パセリとチコリで散歩に行かせるのは、まだ無理でした。犬をもらいに行った先のママ犬は、そんなに大きくはなかったのですが、チャミとシロは雄犬なので、中型犬の中でも大くらいまで大きくなりました。力も強いです。小学生の二人には危険！

「しょうがないわねー、私が行くわ」

もともと、大の犬好きな鶴美さんは、いつの間にかチャミとシロにメロメロです。でも父も休みの日には、少し離れた河川敷に遊ばせには行ってくれました。父も犬が好きなのでした。二匹の犬は、我が家に幸せを運んでくれた気がします。

さて時は流れ、父の仕事も変化してきました。鶴美さんが手伝っていた、洋服のサイズ展開のグレーディングという作業は機械がするようになりました。父は既製服の会社に勤務します。鶴美さんも美容関係の仕事につきました。

あんまり働き過ぎた父は、鬱病を発症しました。会社勤めは向いてなかったみたいです。もともとファッションデザイナー。とても繊細な人でした。そして突然他界しました。

残された私達ですが、鶴美さんの実家に住んでいましたので生活には、さほど影響はなかったです。チャミとシロは、まだまだ生きます。

「ワンワン、ワンワン」と番犬します。

「あなた達がいて良かったねえ、チャミ、シロ、元気で長生きして、私達を守ってね」

犬達は兄弟です。お互いに、コミュニケーションをとっているみたい。犬どおし仲良くてストレスは少ないみたい。

この頃は毎日の散歩に連れていくのも、鶴美さん、パセリ、私の三人で行くようになりました。チャミは食いしん坊で、散歩の時も目を離すと拾い食いをします。

「こら！　チャミ、そんなの食べちゃダメ」

いつもパセリに叱られます。食欲旺盛で、晩年は、かなり太りました。自分の体重でピョンピョン跳ねた時にギックリ腰になりました。歩けなくなったチャミを、なんとか病院に連れて行きました。

「人間で言う、ギックリ腰ですよ。これからは少しダイエットですねえ」

「ひえー！　犬がギックリ腰なんてねえー」

獣医さんからのアドバイスでダイエットして、しばらくの間は快復して元気に暮らしていました。でも太って心臓に負担がかかっていたのか、突然死してしまいました。十五歳でした。人間でいうと七十六歳くらいです。保健所に電話して取りにきてもらいました。花束を一緒に入れてあげました。

それからしばらくしてからのことです。保健所が引き取りに来た犬は、家庭ゴミと一緒に焼却されると聞き、ショックを受けましたが、

「チャミは家庭ゴミを漁るのが好きだったから、幸せかなー」

とみんなで思うことにしました。残されたシロは自由気ままに生きて、時々歌を唄っていました。犬が唄うんですよね。「ウォーオゥーー」。しかもソプラノ、雄だからテノールかな。チャミの分もみんなに愛されて老衰で死にました。十八歳でした。人間なら八十八歳くらいです。長生きしました。そして犬の共同墓地に入れてあげました。合同葬をしてもらいましたが、悲しすぎて立ち会いはしませんでした。共同墓地に入ったので友達犬と楽しく過ごしていることでしょう。私達家族にとって長いながーい犬との生活でした。

父が他界し、犬達もいなくなりましたが、さて悲しんでばかりはいられません。

亀代さんも早くに夫を亡くしました。どうもここの家系は女性が強いようです。ある日、二階に住んでいる亀代さんに、ある提案をしました。

「一階も三人になってしまったので、これからはみんな一緒にご飯とか食べようか?」

誰からともなく亀代さんを気遣って、言い出しました。その時、パセリは高校一年生、私は中学一年生。

亀代さんが言いました。

「せっかくだけど、私は二階で一人で食べるのがいいわあ。だって私が忙しくなっちゃうみたいでしょ」

なんて気ままな亀代さん。ということで一階と二階、スープの冷めない距離で今まで通り生活することにしました。そしてパセリと私は学校生活を楽しみます。とは言っても二人ともクラブ活動はしていません。部活には参加しなくても毎日の犬達の世話など、お家クラブでした。途中から散歩も二人で行くようになりました。

「チャミもシロもいなくなって寂しいなー」

「父もいなくなっちゃったー」

ある日パセリが、「私アルバイトします」と言い出しました。

鶴美さんは止めませんでした。鶴美さんの教育方針は子供達の自由意思を尊重することでした。なので、「勉強しなさい！」とかも二人とも一度も言われたことはありません、それとは逆に、鶴美さんが学生の時、亀代さんはとても教育熱心で、「勉強しなさい！」といつも言われていたと鶴美さんが言います。亀代ママは、教育ママゴン。「だから私は自分の子供には絶対言わない」と心に誓っていたそうですよ。

パセリは本屋さんでアルバイトを始めました。「仕事を持つって楽しい！」。

私チコリはというと、独学でピアノを弾いたり、時々はお料理を手伝ったりしました。

「お母さん、お料理の盛りつけ手伝うねー」

この頃はママと呼ばずに、お母さんと呼ぶようになりました。私は飾りつけが得意なのです。鶴美さんはというと、お味のほうはかなりの腕前でした。お外で食べて美味しかった料理を再現するのが得意です。

「うーっ、美味しくできたよぉ〜。私達家族だけで食べるのは、もったいないねー」

いつもの鶴美さんの口癖です。なので私達はいつも美味しい手料理をいただいていました。でも一つ鶴美さんの苦手なのが、お皿への盛りつけなのです。

元ファッションデザイナーの茹で卵。洋服のセンスはかなりのものだと思いますが、料理の盛りつけは、いまいちなのでした。

「チコリは、いつも素敵に盛りつけるのねー。本当に感心するわ」

私が手伝うので盛りつけや飾りつけの研究は、全くしません。「チコリ宜しくねー」という感じです。

鶴美さんは料理が好きとみえて毎日せっせと作ります。さてパセリと私は、そんな鶴美さんが大好きでとても仲が良いのですが、性格はまるで違いました。犬達をくれた、優しいマリお姉さんも、高校を卒業してしまいました。

パセリも高校二年生になりました。私達の通っている学校は、高校二年生になると海外研修旅行が行なわれます。三週間のホームステイです。自由参加ですが、ほとんどの生徒が参加します。何事にも積極的なパセリは、張り切って出発します。「行ってきまーす」。待ちに待ったアメリカでのホームステイ。行き先はカリフォルニア。

帰って来たパセリは、アメリカでの生活をとても楽しそうに話してくれました。

「私がステイした家は庭にプールがあってね、プールで泳いだよ」

「お庭が広くてね、バーベキューパーティもやったよ。とても美味しかったよ」

「その家には同じくらいの年の女の子と妹がいて一緒に遊んだの」

「ドライブにも連れて行ってもらったよ。とても楽しかったよ」

パセリは得意気に話してくれました。

私も三年後に、行って来ましたが、鶴美さんには最初、「私は行かないです」と言っていました。でも、優しい鶴美さんは学校のホームステイ積立をしていてくれました。せっかくなので参加することにしました。同じカリフォルニアでしたが、私のステイ先の家には、同じ年の子供はいなくて老夫婦の家でした。最初のステイ先の家がキャンセルになったみたいでした。でも老夫婦の家は私のペースに、とても合っていて、大事にしていただきました。私を孫のように、優しく接してくださいました。

「チコリ、今日はメキシコに買い物に行こう」。また別の日には、「チコリ、美味しいものを食べに行こう」とか。

「今日は遠くにドライブだよ」

田園風景が広がります。プールはなかったけれど、子供のいない老夫婦は私には良かったかも。

この学校の海外研修旅行はとても有意義なもので、パセリも私も大きく成長させていただきました。こうしてパセリと私は無事卒業、短大へと進学しました。

パセリは付属の短大に進みました。女子校だったので、家政科、被服科、看護科があり、家政科に通います。調理実習や洋裁の授業もありました。調理実習のあった日のことです。

「お母さん、東京では人参も皮を剥くよ！」

パセリは料理の手伝いはあまりしませんが、野菜を刻んだことはありました。我が家は人参の皮を剥いたりはしません。

「あーらいやだわ、皮に栄養があるのに」

「剥かなくても良いわよ」大根もそのまま調理します。ごぼうも皮を剥きません。ワイルドな鶴美さん、栄養満点の野菜料理。

私チコリはというと美術系の短大に進学しました。そこでの授業ではピアノを弾いたり、絵を描いたりと芸術的なセンスを学びました。特に陶芸の授業が好きでした。今でもお茶碗や皿、湯のみが残ってます。鶴美さんが時々使ってくれています。

さて二階に生活している亀代さんのことも書きますね。スープの冷めない距離の亀代さんも、元気でノーストレス。一階の私達には全く気を使いませんが、私達が住んでいるだけで幸せだと言います。そんな亀代さんは私達をとても愛してくれています。

パセリと私も時々は、ごきげん伺いに顔を見せに行きます。とても嬉しそうな顔をします。野菜姉妹の成長も楽しみなのですね。

やがて二人とも短大を卒業しました。パセリを追いかけるように私も社会人になり就職しました。

パセリは事務職が好きなので有名商社に勤めて、バリバリのキャリアウーマンです。会社の取引先の有能な営業マンと恋に落ちました。何ときっかけは、家政科を卒業したパセリが、彼の上着のボタンを付けてあげたことからでした。

「いつもお世話様です」とパセリ。「まいど!」と彼。「あっ大木さん、上着のボタンがとれそうですよ。私、お裁縫が得意なんです」なーんて言って彼のハートを射止めました。

家政科では料理も作りましたが、家では、ほとんど手伝いをしなかったので、結婚直前の一ヶ月間、鶴美さんの特訓をうけて、まあ、ひと通りの料理は作れるようになりました。

長い交際を経て、二十六歳で、めでたく結婚できました。

私チコリはキャリアウーマンというのではなくて、デパ地下のケーキ屋さんに勤めました。ケーキが大好きで、将来は自分でケーキを作って販売するのが夢でした。パティシエの勉強もコツコツしました。が、運命のいたずらか、友人にスイーツ男子を紹介されて、結婚もいいなあーって。生クリームみたいな白馬に乗った王子様にさらわれました——。私も二十六歳で結婚しました。

そしてパセリには二人の女の子が生まれました。桃花ちゃんと梨花ちゃん。果物からとりました。そう言えばパセリは、果物がだーい好き女子だったっけ。私も二人の子供に恵まれました。女の子と男の子なので、花シリーズにしました。長女は五月生まれなので皐(さつき)、その後生まれた長男は、ハスの花の蓮です。

鶴美さんの独身生活〜お見合い〜出向

ここからは、鶴美さんのことを書きます。

さて、父が亡くなり、長ーい鶴美さんの独身生活が始まった時、娘達が側にいて亀代さんや愛犬達もいたので一人ぼっちではなかったです。犬達は、みんなの気持ちを紛らわせてくれました。

美容関係の仕事は続けていますが、時々亀代さんのお喋りの相手をしたり娘達のサポートやらで、忙しい毎日でした。亀代さんには、相談にのってもらったりもしました。

父の一周忌が過ぎた頃、変な噂が出始めました。

「自殺⁇」

それは違いましたが、鶴美さんがそのことに対して何も言わなかったので余計に広がりました。そんな時、亀代さんは「他人の不幸は蜜の味と言うのよ。ほっときなさい。人の噂も七十五日よ」とアドバイスしました。

やがて忘れられました。

それから何年か過ぎた頃です。鶴美さんにお見合いの話がもち上がりました。鶴美さんのお客様のあやみさんからでした。あやみさんは、お見合いコンサルタントを長くしていました。お相手は初婚で五十二歳の歯医者さんでした。鶴美さんは四十三歳になってはいましたが、まだまだ女盛りでした
あやみさんの家にお客様訪問した時のことです。突然ニコニコして、「鶴美さんに良いお相手が見つかりましたよ、お見合いしてみない？」。

「えーっ、私は再婚はしませんよぉ」

「娘達を家に残して再婚なんてできません」と即、断りました。

「そんなことより、あやみさん、お肌の調子はどうですか。最近、乾燥が気になりません

か」
朝晩冷えこんで来た初秋でした。次の日、さっそく亀代さんに笑いながら話しました
(私もまだまだイケるわー)。心の中で思わずにんまりでした。
一夜明けた次の日です。亀代さんが言います。
「私、昨夜は眠れないほど考えちゃったわ。あなたを再婚させて、孫のパセリとチコリは
私が面倒を見てあげようかと思ってねー」
「そんなことまで考えたの？　亀代さん、ありがとう。せっかくだけど私はその気がない
の、ごめんねー。やっぱり一人がいいわー」
そんな会話をして、何日か後です。あやみさんから電話がありました。
「鶴美さん、ごめんなさい。先方はね、子供が欲しいそうなのよ。もう少し若い女性が良
いって」
「そうですよねー、初婚の男性ならもっともですよ」
と、あっさりこの話は終わりました。亀代さんに伝えました。そしたら亀代さん、
「鶴美さんに会ったら、そんなこと言わないと思うけど。きっと、あなたのことが気に
入ったでしょう」
「まあ亀代さんたら、かいかぶりもいいとこよ」

ジャンジャン！　お騒がせなあやみさんでした。

それから、また娘達と愛犬達、亀代さんと楽しい日々は続きます。


鶴美さんは美容関係の仕事で、新しくオープンする美容室に一年間派遣されることになりました。そこでは、お客様に美容サービスをするエステルームもあり、美容相談にも応じてエステティシャンとして働きました。ファッションデザイナーの茹で卵からの、いつの間にかの変身でした。サービス業は鶴美さんに合っていたようでした。美容室には一回り年下の若い店長がいました。店長ですが立派なオーナーです。谷口勇さんです。新しくオープンする美容室のスタッフは谷口社長を含めて若手男性三人。谷口社長もお店で働きます。女性スタッフは同年代が多かったですが、若い女性が二人で十人でした。総勢二十三人。そこそこ広い店内に二十三人です。

店長が言いました。

「美容室の毎日の利用人数は椅子の数に比例するんです。椅子が多いとお客様もいっぱい集まる不思議な法則があります」

店長の自信ありげな発想に、（この美容室は、大繁盛すること間違いないわ）と鶴美さんは確信しました。

新規オープン前日、スタッフ全員が揃いました。入念な打ち合わせを谷口社長が仕切ります。

「明日からスタートです。みんな宜しくお願いします。お客様に笑顔とサービスを心がけてくださいね。

うちのお店は、パーマとヘアカラーのお客様には、ハンドマッサージと眉毛カットをして差し上げます。眉毛カットは、鶴美さん宜しくね。ハンドマッサージは、女性スタッフ全員でしましょう」

（なかなかユニークなお店だわ）（やり甲斐がありそう）と鶴美さんはワクワクしていました。

さてオープン初日です。スタッフの事前のビラ配りや前宣伝をしてあったので、思ったより客足は伸びました。まずまずのスタートです。若いスタッフが若いお客を引っ張り、ご年配のお客様は鶴美さんと同年代のスタッフがカバー。いろいろな年代の方が来店しました。店長の言った通り満席でした。無事、初日は終わりました。

来る日も来る日も満席です。さまざまな人が来店します。鶴美さんも接客に大忙しでした。エステだけに来店する人もでてきました。それと鶴美さんは人間ウォッチングが大好きらしい。一日中見ていても飽きないと、私に話してくれます。

「チコリ、あのね今私が勤務している美容室はね、いろいろな人が来てるよ。お店に来てからずーっと寝ているお客様もいるのよ。よほど疲れているのかしらね。そうかと思うと最初からお喋りしまくりのお客様。お話をする相手がいないのね。私は眉毛カットしてあげてそーっと寄り添ってるのよ」

「大変な仕事ねー」

「チコリ、私は人のために役立ってると思うと楽しいの。それとね、この美容室は店長もかっこ良くて素敵。おまけに頭もキレるわ」

素晴らしい店長のようでした。

もう一人、松井というニューヨーカー風のヘアスタイリストがいました。もちろん男性です。その人は観察力が鋭くて、いつも鶴美さんのファッションセンスに注目していたようです。

ある日のことです。「鶴美さんのファッションはいつもオシャレですねー」と松井さん。

「おシャレな鶴美さん！　と呼んで良いですか？」。

「かまいませんよ、ありがとう。昔ね、美容の先生に、『オシャレは自分のためでもあるけど、人に見せるためでもあります。人に会う時はオシャレをして会いましょう。私はあなたを大切に思っていますというメッセージになるのよ』と言われたんです」

「そうなんですね、僕も心がけよう」
（ニューヨーカー松井さん、意外に素直です）
もう一人の若手美容師も良い感じですが、二十歳の彼、あまりに若いので、そんなには
いつも会話しません。
和やかな雰囲気のお店とスタッフ達に囲まれて、一年の派遣期間があっと言う間に終了
しました。（もう少しいたかったなあー）鶴美さんはとても楽しかったようです。
でも後輩と交代します。そしてまた、本社勤務に戻りました。新製品の開発とか、いろ
いろ忙しいみたいです。
そんな時です。鶴美さんの担当部署の部長さんが定年退職することになりました。鶴美
さんが密かに憧れていた男性でした。穏やかな人柄、おまけにスタイル・容姿もなかなか
なのです。髪の毛もロマンスグレーで、とても上品なおじ様でした。年齢は鶴美さんより
十歳年上です。きちんとご家庭も持っていますので不倫関係になる訳はありません。もち
ろん鶴美さんもそんなことを望んでいた訳ではありませんが、会社からいなくなるのは、
ちょっと寂しいものがありました。
以前、一度だけ思いきって映画に誘ったことがありました。「部長、たまには気分転換に
映画でも行きませんか？　チケットがあるんですけれど」と鶴美さん。でも部長は少し

びっくりした様子。「うーん、やめておこうかな」あっさり断られたことがあったっけ。退職の日に花束をプレゼントしました。とても嬉しそうでした。部長も鶴美さんのことが嫌いではなかったようでしたが。

その後、アフター案件で元部長さんに会わなくてはならないことがありました。元部長のお父様は銀座で画廊を持っていたそうで、亡くなった今は別の方が引き継いでいるようでした。時々は画廊に顔を出すため、鶴美さんは銀座まで出向くことになりました。美味しい珈琲とケーキをご馳走になり、最近の会社の様子などお喋りもしました。が、ルンルン気分で出かけたのに何か違う。元部長の洋服がちょっと——。全く印象の違った元部長。

「なんか雰囲気が変わりましたねー」

「最近は、Ｂ２クロムの洋服だよ。いつもこんな感じだよ」

「会社にいた頃はねえ、アルマーニのスーツなんか着て気取ってたけどね。今はカジュアルスタイルだよ、Ｂ２クロム気に入ってるんだ。安いしね、気楽だよ、ハハハ」

若い人に人気のリーズナブルなブランドです。

「それとねー、将来は奥さんと田舎に移住してね、畑仕事や菜園をしてのんびり暮らしたいと思ってるよ」

あまりの変身ぶりに、ビ、ビ、ビックリの鶴美さんでした。

（部長はロマンスグレーのおじ様で、いつも良い匂いの整髪料ぷんぷんさせてたのに〜〜）

あまりの変貌ぶりに、がっかりでした。（現実とは、そんなものかあ）。百年の恋もいっぺんに覚めたようでした。（人生そんなこともありますねえ）と納得です。鶴美さん、目が覚めました。

そこに亀代さんの登場です。亀代さんのお喋り相手の鶴美さんでしたが、時には鶴美さんの愚痴も聞いてくれる、優しい母、亀代さんでした。

亀代さんが元部長さんの変貌ぶりを聞いた時のことです。

「鶴美さん、今日は特に朝からルンルンだと思ったわ。そんな素敵な部長さんだったのねー。まあ鶴美さんとは接点がなかったけど。鶴美さんが独身と知っていたら、映画くらいは付き合ってくれたかもねー」

「今さら、どうでも良いわよ」と鶴美さん。

「元部長さんは長く生きていらっしゃるから、今までとは違った環境に暮らしたいと思ったのねー。それは、それで素敵なことじゃあない？」

「でも私は都会派、田舎には住まないわ。土いじりも興味がないし」

鶴美さんは、常々娘達に言ってました。「ママは都会派、東京が好き」。鶴美さん一家は千葉の市川市に住んでいました。千葉県ですが一番東京に近い、洗練された街でした。それにしても亀代さん、鶴美さんを愛してやまないのです。またしても亀代さんのかいかぶりでした。

元部長さんのことは、完全に吹っきれた後のことです。鶴美さんの良いところは、サバサバのサバ、あとにひきずらないのです。

サバサバなので、やっぱり魚の中では鯖が好きなのです。少し前のこと、鯖のお造りを食べさせてくれるお店を紹介されてから、冬になると友人を誘って食べに行きました。鶴美さんは鯖料理が得意です。レシピもいろいろ持っていました。

エアロビと乗馬に夢中

ちょっと話が逸れましたが、吹っきれた後、しばらく経って若い後輩社員をサポートすることになりました。鶴美さんが教育係になったのです。学習院大学出身の頭のキレる本多真吾くんです。素直で教育しがいのある若手でした。本社で基礎知識や理論を教え込みました。

ある日、営業で一緒に外廻りをした時です。大手町のビル街を歩いていたところ、本多くんが「ビルの谷間を歩いていると、僕達は企業戦士になった気がしますねー」。メラメラ。彼は企業戦士に憧れていたみたいでした。「形から入ることも大事かもね」鶴美さんは本多くんを頼もしく感じました。

(若いっていいなー)

研修指導はひと通り終了。本多くんは独り立ちして、バリバリ仕事をこなします。ある日、ばったりエレベーター前で久しぶりに会いました。「本多くん、頑張ってる？ お久しぶりだねー」と鶴美さん。「もちろんです。仕事楽しいですよ。それとねー、鶴美さん」突然、意味不明なことを言い出しました。「ツバメっていいですよねー」。

「はあ⁉……」

「僕は、ツバメになりたい」

(えー！ 私のツバメってことかしら⁇)

俗に言う若いツバメのことを言ってるみたいでした。優しい鶴美さんは黙って、微笑み返しました。

(私って、そんなに魅力的？ かしら)

このことがあってから鶴美さんは、ずーっと先だけど小説を書いてみたいと思ったようでした。鶴美さんは若い頃、小説を書いてみたいとチャレンジしたことがありました。結局は未完成に終わりましたが。今回閃いた題名は『さよなら愛しきツバメたちよ』。小説を書く夢はずーっと胸に温めているみたいですよ。頑張れ、鶴美さん！

また何事もなかったように時が過ぎて行きます。それにしても、本多君の一言が、チラついて頭から離れません。（彼の意味不明な発言は、何だったの？）まあ考えても仕方ない、次行こうっと。

鶴美さんは、そろそろ運動がしたくなりました。亀代さんからも最近言われています。

「鶴美さん、身体のためにも運動をしたらどう？　フラダンスなんか良いんじゃない？」。

その頃フラダンスが流行ってました。

「フラダンスは、Tシャツに裸足で踊るのよ、私には向かないわ」

「じゃあ何でも良いから少し身体を動かしなさいよ」

という訳で、エアロビクスを始めました。美容の先生の知り合いで、たまたまニューヨークから帰って来たばかりで、本場仕込みのエアロビクスを教えてくれるということで、鶴美さんは飛びつきました。一期生に入れてもらいました。中野にスタジオを借りて少人数でのスタートでした。初めてのスタジオ風景とテンポの早いリズムに圧倒されました。それに、山本先生からいきなり大きな鏡の前に立たされました。鶴美さんは初めての経験に、恥ずかしくて足がすくみ、まともに正面を見られません。

レッスン回数を重ねて行くたびに鏡にも慣れて、違和感なく動けるようになりました。先生は初心者の鶴美さんに、とても丁寧に教えてくださいました。ニューヨークの洋服会社と契約して、レオタードの企画デザインもしているそうです。

「リズムに乗って身体を動すのよ、とても楽しいわ」と、鶴美さんは亀代さんに話します。スタジオレッスンがスタートしてしばらくすると、クリスマスが近づいてきました。なんと山本先生は高崎にメインスタジオを持っていたのでした。そこのスタジオにはたくさんの生徒がいるらしいのです。

山本先生が、「クリスマスは東京で合同のダンス発表会をしましょう」と提案しました。

「エアロビクスなのに、ダンス発表会ですかあ?」。中野スタジオの生徒はみんなビックリしました。鶴美さんも参加するはめになりました。中野スタジオは生徒が少ないので、抜ける訳にはいかないのです。仕方なく参加しますが振り付けを覚えなくてはなりません。

山本先生の振り付けは、単にエアロビクスダンシングとは違い、喜怒哀楽や感情をダンスで表現するものです。とても優雅なエアロビクスですが、踊るほうはたーいへんです。鶴美さんは学生時代のお遊戯以来でしたし、そもそもダンスは苦手でした。

「ほうほう、ボディランゲージも踊ると気持ちが入るみたい、先生」

「その調子よ鶴美さん。さあ、みんなもうひと頑張りしましょうね」と先生はみんなを褒めて、おだてますが、やっぱり大変です。まして舞台があり、人が見ているなんて、想像しただけで、足がすくんじゃいます。鶴美さん、練習に必死でした。

いよいよ当日です。もうすぐ出番。「あー、ドキドキが止まらない」。

あっと言う間にダンスは終了しました。

家に帰ってから私に、「チコリ、あんなに練習したのに、同じところで間違えちゃった」と言っていましたが、「めったに経験できないので、良かったかな」と、いつもの前向きな鶴美さんに。立ち直りが早いのでした。

クリスマス発表会も終わり、年が明けて普通のレッスンに戻りました。この頃には大きな鏡の前でも堂々と踊ります。鶴美さんは少し成長しました。でも生徒が一人減りまた一人と、二年が経つうちに半数近くの人数になっていきました。存続不可能になったため、先生は中野スタジオを閉めました。鶴美さんは、もう少しエアロビクスを続けたかったので市川のカルチャースクールに通い始めたのですが、山本先生とは違ったスタイルのエアロビクスでした。全く表現が違います。インストラクターは若い女性でした。

でも、音楽に合わせて、アップテンポのステップを踏むのも心地良かったです。そしてその先生は移籍になり、鶴美さんもカルチャーの別のクラスに移動しました。自分に合いそうな先生のクラスは、ビジター制でした。

「チコリ、なんだかエアロビクスも先生が変わったけど、ビジター制は、好きな時に通えるからいいかもね」とか言ってましたが、鶴美さんの予定が合わなくなり、とうとう辞めてしまいました。「でもねー、五年近く通ったから、何か違うものにしようかなー」。

鶴美さん、今度は何にチャレンジするのかなー。そしてまた、鶴美さんは、独身生活を楽しんでいます。仕事に充実した日々を過ごします。全く再婚の気配は感じられません。

そんなある日、市川カルチャースクールからDMが届きます。教室のチラシや提携しているクラブからのものでした。いろいろなチラシがありました。なかでも乗馬クラブのお試し乗馬レッスン、ランチ付きには、「へェー、こんなのもあるんだー」。でも鶴美さんは興味はなくスルーしましたが、自分の仕事部屋に置いておきました。馬の写真がとても可愛かったからでした。

そんなある日、鶴美さんの家に、美容室時代に親しくなった李さんが、美容相談がてら遊びに来ました。韓国人の李さんは、とても美意識が高くて、ちょっとのしわやシミがとても気になる女性でした。久しぶりなので、お肌チェックをしてお茶を出してお喋りしました。

その時です。李さんが、部屋においてあったオリンピア乗馬クラブのチラシを見つけて、たどたどしい日本語で、「つーるみさん、このチラシは?」と聞くので、「市川カルチャースクールから送られてきたのよ」。

「私、行ってみたいです」と李さん。「つーるみさん、行きましょうよ」。

「私はせっかくだけど行かないわ」

「そんなこと言わないで、私を連れて行ってください。つーるみさん、お願い」

あまりに李さんが熱心なので、優しい鶴美さんは仕方なく、「まあ、体験だけならいいかあ～、ランチ付きだしね」という訳で予約を入れて乗馬クラブに行くことにしました。

当日です。ランチを済ましてから、乗馬クラブに到着しました。スクールバスに乗せてもらいご機嫌でした。馬の運動場に行くと、ぷーんと動物独特のにおいがしました。「こんな感じかー」。

それから厩舎に案内してもらい馬と対面しました。「こんにちは、宜しくね」。動物好きの鶴美さんは、「体は大きいけれど可愛いなー」と安心しました。ヘルメットやブーツ、必要な物を借してもらい、いざ、体験乗馬です。馬にまたがりました。

「温かいなー、馬の背中って。わーい、高くて良い眺め」

首に触ってよしよしと撫でてあげました。

「思ったより楽しかったねー。李さん良かったね。願いがかなったね」

サロンに移動して、入会についての話を聞きました。鶴美さんはもちろん、入会するつもりはありません。すると李さんが、「私は決めたよ、入会するよ、つーるみさんは?」と尋ねました。

「私はやめときます」

「ええっー、つーるみさん、一緒に入会しましょうよ～。お願い、私一人じゃ心細いから、一年で良いから私に付き合って、お願い～～」

困った鶴美さんですが、人が良いのです。

「じゃあ一年ね、一年だけよ」

さっそく入会金と手袋、乗馬用ズボン、ブーツ、ヘルメット、ムチ、最低必需品を分割払いで契約しました。

「では、来週の水曜日午前中ね。さっそく一回目のレッスンスタートよ。楽しみにして来てねー」と乗馬クラブのインストラクターが、事務処理も手際よくやってくれました。

鶴美さんは、(なんだか李さんに付き合って決めちゃったけどー、一年なら、お試しで通ってみるかなー)。李さんも帰りはルンルンでした。

「韓国では乗馬は、身分の高い人しかできないのよ。私は乗馬にとっても憧れてたのよ。楽しみ～、つーるみさん、ありがとう。じゃ、来週ねー」

鶴美さんは家に帰ると、さっそくパセリと私にオリンピア乗馬クラブのことを話してくれました。事の経緯を聞いて、「お母さんならそうなると思ったわ」と野菜姉妹は口を揃えて言いました。亀代さんは、何て言ったのでしょう。

「まあ、鶴美さん、いつも私を驚かせてくれるけど、今回は半端じゃないわねー。でも動物は人間と違って面倒なことは起きないわね」

どうやら亀代さんは鶴美さんに恋人でもできたら、それはそれで大変と思ったみたいです。パセリと私も納得です。鶴美さんを応援します。

さて、水曜日、乗馬クラブに出向きました。なぜか李さんが来ません。

(どうしたのかな?)

サロンで鶴美さんが待っていると、インストラクターがニコニコして、やってきました。

「おはようございます、宜しくお願いします」

「あのー、一緒に申し込んだ李さんは、どうしたのかな?」

「あのね李さんは、ローンが通らなかったのよ。それに、ご主人が反対もしたらしいの」

「そうなのですか」

「私一人かあ」予定外の出来事に気落ちしている鶴美さんに、「だいたいみんな、クラブには一人で来るの。一人で申し込みする人が多いのよ。大丈夫よ、あなたも。すぐに、ここでのお友達もたくさんできるから。乗馬はとても楽しいわよー。さあ始めましょう」
鶴美さんは気を取り直して、スタートします。最初は馬についての予備知識の勉強です。馬の種類から、毛色の違い、それに、馬具の名前などなど、ひと通り教えてもらいました。馬の毛色にはなんと十四種類もありました。栗毛、栃栗毛、鹿毛、黒鹿毛、青鹿毛、青毛、芦毛、白毛……。

（へえー、馬の毛にもいろいろあるんだあ）

そして、いざ馬達の運動場へと向かいました。なんと、そこで馬が待っているのではなく、厩舎から自分で馬を連れ出す作業からです。決められた馬を引いて外に出ました。

（意外に素直でおとなしい、可愛いなー）

鞍をつけて馬にまたがります。最初は手綱の操作方法から、馬にゆられてのんびりパカパカ。次は速歩で走ります。速歩とは、馬の前肢と後肢がそれぞれ左右対角のペアで着地する走り方で、その馬の歩くリズムに合わせて腰を浮かせたり下ろしたりします。

確かに快適であっという間にレッスンが終了です。ところが今度は、馬を洗い場に連れて行き、水を飲ませたり馬の体を丁寧に拭いてあげるのでした。馬が気持ち良さそうに鶴美さんを見つめます。（なんかドキドキするなー）（そんなに見つめないでー）。この作業が嫌で辞めてしまう会員さんもいるらしい。ですが、鶴美さんは楽しかったみたいでした。

乗馬クラブのインストラクターの女性達に、会社の化粧品を販売したり、鶴美さんはどこにいても仕事になっちゃいます。

乗馬クラブでもクリスマス会がありました。若い男性インストラクターもいて、鶴美さんは人気No.1?? では無かったですが、少し人気があり慕われたみたい。どうやら鶴美さんは年下の男性に好かれるようでした。「お母さんは誰にでも優しいからねー」。パセリと私は、そう思いました。

さてこのクラブでは乗馬に慣れてくると、開放的な外乗レッスンに参加できます。鶴美さんも二回ほど参加しました。一回目は福井県外乗。ここは田んぼ道をパカパカのんびり歩きました。時には速歩で。二回目は大分県湯布院外乗でした。山を歩き、沿岸沿いを駈歩で走りました。「湯布院はねえ、スリル満点だったよー」。帰ってから話してくれました。なんと鶴美さんは一年どころではなく、乗馬を始めて丸三年の月日が流れました。

一年以上も経ってくると馬の速歩や駈歩の基本レッスンの他に、馬場や障害のレッスンも入ってきます。馬場レッスンとは、馬を規定のラインに添って正確に歩かせて、美しい馬の姿を見せるものです。これは馬のコントロールがとても難しいので高度な技術を要するものです。その点、障害レッスンは、高さ十cmのバーから初めて二十cm、三十cmとバーを高くして馬と一緒に飛び越えます。鶴美さんは馬場レッスンではなく障害レッスンを時々受けていました。

「障害を飛ぶ時はね、馬のたて髪をつかんでね。手綱とたて髪につかまって飛ぶのよ。パセリ、チコリ、これはとってもスリリングで、思ったより楽しいのよ」

鶴美さんはいつも私達に話してくれるのでした。

「楽しければ良いよ」

と答えて、鶴美さんは、なんかすごいことしてるのネーと顔を見合わせる野菜姉妹でした。

障害レッスンも慣れてくると余裕なのですが、たまたまこの日に乗った馬がやんちゃでした。障害を飛び越えてから止まらずに暴走しました。堪えきれなくなった鶴美さん、初めての落馬でした。落馬した時に足を馬具でひっかけて軽いケガをしました。翌日病院に行ってから出勤しました。会社には落馬を伝えたため、鶴美さんの部署では大騒ぎになっていたようです。後からそのことを年賀状に書いてきた同僚がいました。

「あの時は鶴美さんが落馬したって大騒ぎになりました。今年は気をつけてね」

その年賀状を見て亀代さんはびっくりしたようで、ずいぶん後で知ったのですが、「鶴美さん落馬したって、大丈夫だったの?」「うん、大丈夫よ。この通り、みんなオーバーなんだから」。そしてまた乗馬を続けていたところ、大変ショックな話を友人の真知子さんから聞きました。

次はメキシコクルーズ!!

真知子さんは保険外交員の仕事をしています。

「鶴美、あなたオリンピア乗馬クラブに通っているんだったよねー」

「そうよー、最初は一年のつもりだったけど、三年も続いちゃってるよ。鞍のローンも終わったし、これから身軽で楽しくなるわ」

「鶴美に話すのはやめようかと思ってたけど、やっぱり話すね」と切り出しました。

「私のお客様でね、骨折で入院した時の医療費請求手続きに行った時のことなの。若い男性だったけど落馬して骨折したんだって」

「そう、間が悪いとねーそういうこともあるんだぁー」

と鶴美さん。

「それでね続きがあるのよ」

「なーに、真知子」

「そこの乗馬クラブは落馬して馬に踏まれて亡くなった人がいたって。中年女性らしいよ」

ギョ！　なんと鶴美さんの通っている乗馬クラブと系列が一緒でした。悩むところでした。ここのクラブは運動場の景色がとてもきれいで、緑の木がたくさんあり、春には桜の花が咲きます。馬にまたがって見る桜の花は、なんとも言えない景色でした。もう少し続けたいけれど命には代えられないと、残念でしたが退会を決心しました。鶴美さんの乗馬クラブは、鞍も買わされましたが、後に中古でクラブに買い取ってもらいました。やっぱり鶴美さんは、そつがない。

また、しばらくして真知子さんから連絡がありました。真知子さんには退会を伝えてあります。

「鶴美～～元気ー？　乗馬クラブ辞めちゃって、私ね、なんか余計なこと言っちゃったかなーって、思ってね～」

「ううん、そんなことないよ、教えてくれてありがとう」

「それでね、あのね、旅行に行かない？　それがね海外よ、びっくりしないでね。ふ・な・た・び、メキシコクルーズ。私が会員になっている外資系の会社のイベントで、クルーズ旅行の企画があるのよ。会員になれば、誰でも参加できるのよ」

「えー！　ずいぶんと、びっくりな話ねえー」

と鶴美さんです。真知子さんの話には、ちょっと驚きましたが、会員なら格安で参加できるとのこと。旅行日数は十一日間でした。

鶴美さんは考えてみることにしました。外資系の会社の商品は、好きな時に買い物できるシステムでした。栄養補助食品（サプリメント）や家庭用洗剤、シャンプー、トリートメント、化粧品、口紅やメイク用品もあり、しかも会員価格で定価より安く買えるらしい。

（いろいろな物が安く買えるのは良いわね）

（海外旅行は久しぶり。ニューヨークには仕事で二回行ったけど、観光するのは新婚旅行でパリに行って以来だわ）

鶴美さんの夫である私達の父は服飾デザイナーでしたので、毎年行なわれる『パリコレクション』の本場のパリには「絶対行くぞー」と叫んでいました。パリに行けば、デザイナーとしての箔がつくと思っていたようでした。それで二人はパリに行きました。パリで有名なデザイナーのお店なども見てきたみたいです。その後の父の仕事にもプラスになったようです。

数日後、真知子さんから電話がありました。

「鶴美～、こないだの話だけど、どうするか決めたあー？」

「ところで、メキシコクルーズって、どこに行くの？」

「詳しくは会って話しましょう」

クルーズの内容はと言うと、ロサンゼルスまで飛行機、ロサンゼルスからクルーズ船に乗船して、カボサンルーカス→マサトラン→プエルトバジャルタに立ち寄って観光します。

真知子さんから話を詳しく聞いたので、鶴美さんは参加を決めました。まずは会社の有給休暇を取ってなんとかなりました。次に亀代さん。亀代さんはいつも通り反対はしないのでした。パセリと私チコリも「いいよー」。亀代さんも自分のことは自分でできるし、パセリと私は、もう自立しているつもり。鶴美さんの留守中の、お料理は私、後片付けはパセリ。

「二人でするから大丈夫」

「いいのぉー、ありがとう」

（苦労して育てた甲斐があったわ～）鶴美さんは心の中でつぶやきました。

それから数ヶ月が経ち、いよいよ三日後に出発の日が迫りました。海の大好きな鶴美さんは出発を目前にルンルンです。そこに突然のメールが届きました。

真知子さんがお仕事をちょっと頑張って、外資系企業の鶴美さん達三十人くらいをメンバーとして集めたのです。真知子さんのアルバイト収入にもなりました。そのなかの一人の男性からです。ほんとは彼もクルーズに参加したかったのですが、仕事の都合がつかず参加できませんでした。メールの内容は、というと鶴美さんの旅の安全を願うものでしたが最後に、さ・び・し・いー。さよなら～～。

オーバーねえ、今生の別れみたいに、たった二週間の旅行なのに⁉ そんなに、しょっちゅう会っている人ではないのです。が、鶴美さんは返信しました。「お土産買ってくるねー。しばしのお別れだよー」。

まあメールだからこそ書けたのでしょう。きっとこのメールは夜に書かれたものだと思います。夜は交感神経が高まると聞いたことがあります。なので夜に書く手紙は気を付けないと感情が高ぶった内容になるらしい。ちなみに昼は副交感神経が働くため、しっかりした判断ができるようです。鶴美さんに教えてもらいました。鶴美さんは美容の先生から聞いたと言っていました。今回の彼は珍しく同年代でした（笑）。鶴美さんは、やっぱり父のことが大好きなのでしょうね。いよいよ出発です。土曜日でしたので亀代さん、パセリ、私とで玄関先で見送りました。「行ってらっしゃーい」。

真知子さんと空港で待ち合わせ、ロサンゼルスまで飛び、前泊です。

翌日、二人は船の停泊しているサンタモニカの港、ターミナルロングビーチに着きました。いたる所にパームツリーが並んでいました。やはり異国情緒が漂ってました。目の前には大型客船「カーニバル・プライド号」が停泊しています。

「鶴美ー、素敵な光景ねー！」

「そうねー、ステキ、ステキ。真知子さん、誘ってくれてありがとう」

いよいよチェックインをして乗船です。たくさんの人が並んでいました。こんなに大勢の人が乗るんだあ。あとで聞きましたが従業員だけで二千人いるらしい。二人は客室に入りました。八畳くらいの部屋にバルコニーがついていました。しばらくして、船が動きはじめました。それほど揺れもなく快適です。

さっそくバルコニーに出て海を眺めます。太陽が海を照らし、水面がキラキラしていました。鶴美さんは大満足です。

ここで真知子グループの紹介です。同船した人達は一般のお客様と鶴美さん達のような外資系企業の会員の方々です。真知子グループには鶴美さんともう一人、大田俊彦さんが参加で、三人です。やはり独身男性でした。鶴美さんよりは少し若かったようです。この大田さんとは同じグループなので、ずーっと行動を共にすることになりました。船の中では、ほとんど自由行動です。エレベーターもあり、一番上の甲板にはトレーニングジム、プール、ジャグジー、それにイベント広場もありました。チェックインした初日は夕方四時。カボサンルーカスに向けて出航しました。二人は荷物の整理をしてレストランに行きました。一般のお客様も乗船していましたので、八時からディナーのスタートです。

ここで同じテーブルに大田俊彦さんが着席しました。「初めまして、宜しくね」。真知子さんと鶴美さん、大田さんも少し照れた様子で、「ど、どうも、宜しくお願いします」。大田さんは、〝ぼうや〟からそのまま大人になった感じの愛らしい顔の男性でした。お酒もほどほどに飲めて会話も弾んだようでした。

次の日は丸一日船の中です。なのでいろいろな階を見て回りました。小さな窓や大きな窓がたくさんあり、どの階からも海が見えます。まるで異次元の空間でした。

「真知子さーん、夢の中にいるみたい。この生活が一週間ちょっと続くと思うと、ワクワクするわねー」

「そうよ、参加して良かったでしょ、鶴美!」

少し喉が渇いたので、七階のラウンジレストランでコーヒーを飲みました。この階のレストランは、いつでも食事ができたようです。朝食はいつもここでした。大田俊彦さんは朝から甲板でジョギングや軽いジムを楽しんでいたみたいです。ディナーだけは集合して同じテーブルでいただきました。

この日は午後二時からウェルカムパーティーでした。ワンドリンクが付きました。会社側の参加者や栄養補助食品の新製品を開発した博士二人の紹介と、他の製品のラインナップの簡単な紹介がありました。ドリンクを飲みながら、真知子さんが言いました。

「ここの製品はとても良いのよ。私はすごく気に入ってるのよ」

「ふーん、どんなに良いの？」と鶴美さん。

「シャンプーがね、髪がしっとりしていい感じ。艶が出るみたい。化粧品はね、鶴美のところの製品を使っているのでサプリメントを買っているわ。バランスの良い栄養が取れるのよ、身体のサビも取れるみたい」

「そうなのー、じゃあ私も日本に帰ったら使ってみようかなー。でも真知子さん、うちの会社の製品とここの製品で、ますます美貌に磨きがかかるわねー」

　真知子さんは、お顔立ちがとても綺麗なのです。保険の契約もその顔でとっている⁇なーんて聞いたことがありました。

「まあ、鶴美ったら、嬉しいこと言うわねー。でも、鶴美のお肌も見ていると納得するけどね～」

　ウェルカムパーティも終了。あとは、ディナーまで自由時間です。お天気が良かったので二人は、甲板に出てみました。

　見渡す限りの海です。青い青い海がとても綺麗でした。頬をよぎる風も心地良いです。お互いにカメラのシャッターを切りました。

「鶴美ー、明日はカボサンルーカスに到着よ！」

ついに三日目、陸（おか）に上がりました。カリフォルニア半島の最南端です。ここは大型船が着けられないため、全員が小さな船で向かいました。

「キャー、スリリングねー」と鶴美さん。

「最初の目的地に着いたねー」と真知子さん。

この日も天気が良く、目の前の海原、丘からの風景に、またしても感動した二人でした。

真知子さんが言いました。

「大田さんは一人じゃ可哀想よ、仲間に入れてあげましょうよ」

「そうねー。旅は道連れだものねー」と鶴美さんも賛成です。大田俊彦さんも、お仲間に入れてあげました。大田さんもお誘いを受けて、「い、いいですけど」と嬉しそう。

しばらく三人で街を散策しました。日本とは全く違う風景が広がります。「喉も渇いたし、お腹も空いたので、ランチにしましょうよ」真知子さんがリードします。「どのお店に入ろうかなー」。真知子さんと鶴美さんは、「ところで、お料理の注文とか、言葉が通じるのかしら?」ちょっと不安でした。そんな二人の会話を聞いて、「僕は六年ほどメキシコに住んだことがあるよ。英語とスペイン語が少し話せるよ」と大田さん。メキシコ人はスペイン語を話すみたいです。「えー！　大田さんすごーい」「僕に任せてください、えへ～」と大田さんは照れ笑い。「さあ中に入りましょう」今度は大田さんがリードします。

さて何を注文しましょうね。鶴美さんは辛いお料理が苦手なのです。「メキシコ料理で辛くないものってあるのかしら？」。大丈夫でした。「チキンとアボカドのサンドイッチ」。真知子さんと大田さんはタコス。鶏肉やたっぷりの野菜を包んでいただきました。真知子さんが「私達ってラッキー、通訳つきよ」。大田さんが、お店の人にスペイン語で話しかけるので、気さくなメキシコ人は、一緒に写真を撮ったりと楽しいランチでした。それから、また海岸線と街をブラブラして船に戻りました。ディナーでは大田さんの話に花が咲きました。


「ところで大田さんは、お仕事は何をされているのですか？」

「僕はね、貿易関係の仕事をしていて、これでも会社を経営しているよ」

「すごーい」と二人。

「大田さんの留守中、会社はどうされてるの？」

「そこはね、一緒に手伝ってくれている男に任せてきたから大丈夫」


さすが！　二人は大田さんをますます好きになりました。

次の日、カーニバル・プライド号は、マサトランに到着です。マサトランは、新旧のメキシコが楽しめる観光リゾート地です。太平洋の真珠と言われるほどの感動的な景色を見ることができます。

観光バスで旧市街地へ行きました。メキシコ人の男性バスガイドさんが、バスが発車したとたんに「マサトラーン」と大きな声で叫びました。「マサトランへようこそ!」という感じなのでしょう。やはり陽気なメキシコ人。

旧市街地の風景は、とても素敵です。絵葉書を見ているみたい。三人は丘の上から街を見下ろしました。眼下には海が広がります。「とても開放的な気分ねー」大田さんも、ご機嫌な様子。「俊(とし)ちゃーん、一緒に写真撮りましょう!」真知子さんは、〝通訳〟大田さんにすっかり惚れ込んで、今日は「俊ちゃん」って呼んでます(笑)。大田さんも、まんざらではなさそうなので、鶴美さんも、「俊ちゃん」と呼ぶことにしました。

バスは丘を下って海辺に出ました。海岸沿いの大きな岩の上に人魚の銅像やショーステージ、マリンスポーツの店もありました。「お洒落な町ねー」と鶴美さん。この日からすっかり打ち解け合う三人でした。

さて、観光ツアーの三日目です。プエルトバジャルタに到着しました。この日もお天気が良くて、さっそくカリフォルニア・ロングビーチへ行きました。海の家のようなお店も並んでいました。海水浴にはまだ早い季節なので、人は少なかったです。三人が海の家でジュースを飲みながらくつろいでいると、陽気なおじいさんがビーズで編んだ小さなポシェットを売りに来ました。八㎝ちょこっとの小さい物です。「人なつっこい笑顔で営業かい」俊ちゃんが言いました。真知子さんと鶴美さんは、「何を入れたら良いのかしら？」「鍵とか小銭？」「でもせっかくなので買ってあげましょう」。おじいさんはニコニコ笑って嬉しそうな顔をしました。

次にマレコン遊歩道に行きました。ここも芸術的なブロンズの彫刻がありました。マレコン遊歩道は、レストランやバー、それに伝統的な衣装を着た人達のいる小屋もあって、生きた馬の背中に立つ現地人のショーなども見ることができました。その小屋の近くのお店でサンドイッチをみんなで食べました。

食後くつろいでいると、どこからかギターを持った二人のメキシコ人が現われて、歌を唄いながらテーブルを回ってくれました。大サービスです。鶴美さんは、両傍にギタリストを抱えて写真を撮りました。ポーズも決まって最高です。「メキシコって、最高!!」。そろそろ、お土産も買わないとー。お店をいろいろ見て回りました。「俊ちゃんは何を買うの？」おせっかいな真知子さんが聞きました。俊ちゃんママには、民族性のあるハンカチや人形、それと留守番している男性にはTシャツを買うと言うので、真知子さんと鶴美さんとで、オシャレなTシャツを選んであげました。そのTシャツを着た彼の写真が日本に帰ってからメールで送られて来たそうです。

旧市街にあるプエルトバジャルタの象徴的な建物、グアダルーペ聖母教会などを観光しながらバスで船に戻りました。あー、楽しかったねー。これで観光は終わりねー。あっという間の三日間でした。この船の観光先のマサトランやプエルトバジャルタは、日本人にはまだまだ穴場の人気リゾートです。メキシコ在住の方以外、日本人観光客が訪れることはあまりないようです。鶴美さん達は素敵なメキシコのビーチリゾートを先取りしたようです。

次の日の朝です。乗船してから六日目でした。

「おはようございます。今日からは何をするのかしら？」

と鶴美さんが真知子さんに聞きました。真知子さんが、スケジュール表を見て答えました。

「十時から会社の新製品、プロダクト・セミナーよ。開発した博士二人が説明してくれるの。栄養補助食品、サプリメントで、なんでも、アンチエイジングらしく、老化のスピードを少し遅くするらしいわ」

「ふーん」

「Dr.ヘレン先生とDr.デビット先生よ」

「ふーん」

どうも鶴美さんはあまり興味がない様子です。

「何時まで？」

「十二時までよ」

「長いのねー、まあ仕方ないかー。このクルーズのスポンサーだものね」

さて、プロダクトセミナーが始まりました（良い製品には違いなさそうだけど……）。鶴美さん、ひと通りは頭に入ったようでした。

ここからは俊ちゃんとも別行動でした。「じゃあまた、ディナーでね」「通訳、ありがとー」。

午後からは自由時間なので、船内のお土産ショップをブラブラしながら、海を眺めて過ごしました。

「やっぱり海は良いねー、何時間、見てても飽きないわ」と鶴美さん。「私、人魚姫になりたいわ、ずっと海にいられるもの」。

「まあ！　鶴美ったら面白いことを言うのね。人魚姫は最後はね、人間の男性に恋をして、海の藻屑になって消えてしまうのよ」

「そうだったわねー。でも私、人間の男性には今のところ興味はないわ（笑）」

「鶴美らしいね、そういうところが好きだよ」と真知子さんでした。

やっぱり父のことが今でも好きなのです。そういう鶴美さんは、パセリと私の自慢の母なのです。

またディナータイムです。俊ちゃんと合流です。真知子さんが聞きました。

「今日は何してたの？」

「僕は乗船してからずーっとね、毎日、プロのインストラクターのケン・山田さんのエクササイズを実践してたよ」

船が出航した翌日から、毎日、フィットネスエキスパートのケン・山田が、乗客に効果的なワークアウトを紹介し、引き締まった身体を生涯維持するための秘訣を披露します。一時間程度のものらしいですが、どうやら彼は、これに参加していたようです。

「あら、そんなのがあったのー、知らなかったわ。それで効果はどうなの？」

「まあ続けないとね」

「少し効果があったみたいですよ」

と真知子さんと鶴美さんが、お世辞を言いました（観光では通訳を頑張ってくれたものね）。

俊ちゃんは、真知子さんの友人の紹介で会員になったようでした。やはり俊ちゃんは、健康意識の高い人でした。

「お休みなさーい、また明日ねー」

ディナー後、船室に戻りました。

「これから、あと二日でロングビーチターミナルまで戻るのね」

「私は、お部屋でゆっくりすることにするね」

と鶴美さん。行動的な真知子さんは、ゲームコーナーに遊びに行きます。昨日は二人で行ってみました。スロットマシーンやカジノもありました。

「船も、あと少しだから行ってきまーす」

「やれやれ、やっと一人になれたわ」と、ひとりごとの鶴美さんでした。

さて一人でゆっくりシャワーでも浴びようかナー。顔の美容パックをしたりとのんびり浴室にいたところ、部屋に真知子さんが戻って来ました。毎晩遊びに行ってたので、飽きたのか、いつもより早く帰って来ました。真知子さんは早くシャワーを浴びたかったらしいのです。なかなか出てこない鶴美さんに怒ったみたい。

「鶴美～、早く出なさいよ。シャワーなんて、そんなに時間がかからないでしょ！」

ぷんぷん。旅も長くなるとそろそろ、わがままも出てくるみたいです。自宅のようには、いかないですよねー。出航してから、六日が経ちます。狭い客室なので、お互いがどこにいても視界に入ります。少しずつストレスが溜ってきたようでした。

悲しくなった鶴美さん、ホームシックです（お家に帰りたいよー）。夜のバルコニーに出てみました。だけど、もう真っ暗で何も見えません。危ない危ない、真っ暗な海に飲まれそうです。慌てて中に入りました。

次の朝には、真知子さん、「鶴美～、今日の朝食は何食べる? あと、コーヒー、カフェオレ、どっちにする?」と、何事もなかったように普通でした。今日も丸一日船の中です。朝十時から、ドクター二人と交流です。会社主催のイベントでした。他のグループの方々との交流もあり、楽しかったようですよ。

「俊ちゃんはどこかしら?」真知子さんが気にしている様子です。「まあいいかぁー」。

そして午後三時からは、ビュッフェ形式のパーティ。氷の彫刻があちこちにあり、フルーツがいっぱいです。ケーキやゼリー、ちょっとしたおつまみもあり、食べ放題です。

「何だか食べ過ぎちゃいそうね」と鶴美さん。そこへ俊ちゃんが現れました。

「午前中は何をしていたの?」

「ケン・山田の話を聞いていたよ。今日が最後だったからねー。三回シリーズ聞いたので、とっても参考になったよ、楽しかったなー」

「それは良かったわね」と二人。「ではまた、ディナーでね」。俊ちゃんはそれから一人で会場をふらふらしに行きました。

「俊ちゃんはマイペースで良いわね」

と真知子さんが言いました。（ふふふ、真知子さんはああいう男性が好みなのかも）、鶴美さんは心の中で思いました。

はて、鶴美さんは、どうなのかしら？　鶴美さんは感情を表に出さないタイプなのです。私チコリが一番良くわかっているのです。鶴美さんも少しは気があったのかもしれません。帰国してから私に俊ちゃんの話を何度もしてくれましたもの。

ところで、今日は船上最後のディナーでした。出航してから七日が経ちました。

「おなごりおしいわ。カーニバル号ともお別れねー」

「船上最後を思う存分楽しみましょう」

祝祭の夜でした。レストランのスタッフの方とも写真を撮ったり、席を移動して他のグループの方とも交流して、和やかな時が流れました。もちろん、俊ちゃんも一緒です。

少しお酒の入った真知子さんは、俊ちゃんに鶴美さんが子持ちの独身だということを喋っちゃいました。慌てた鶴美さんが、「ごめんなさい、別に隠してた訳じゃないけど、俊ちゃんに聞かれなかったしね、言うこともないかなーってね」。そしたら俊ちゃんが答えました。

「そ、そのほうが僕は良かったよ。鶴美さんが独身でね」

あらあら、なんでしょう。特に鶴美さんに恋した訳でもないでしょうに。男心も複雑なのですねー。ちなみに真知子さんはというと結婚はしていましたが、お子さんがいないのです。信頼関係のあるご夫婦なので、今回の旅行も、良いよって言ってもらえたらしいです。素敵な関係です。でも、ひょっとしたら、ご主人もたまには独身に戻りたかったのかもしれません。大人の感情も複雑なのですねー。私チコリは、まだよく理解はできません。未熟ですから。

次の日、今日はいよいよ下船です。上陸の手続きが開始されました。さよならぁー。ありがとう、カーニバル号！　楽しかったよー。

さあ、これからロサンゼルスのホテルに一泊してから日本に帰ります。ホテルまでは用意されたバスで少し観光しながら向かいました。海もメキシコも、見納めです。

ホテルまでの途中、アクシデントが起こりました。サービスエリアで四十分の自由行動があった時のことでした。海岸沿いでとてもロケーションの良い場所がありました。写真撮影の好きな真知子さん、どんどんバスから離れて行きます。

「鶴美！　あの場所で写真を撮りましょうよ」

「そうね、まだ集合には時間があるものねー」

この間、二十分くらいでした。

「そろそろバスに戻りましょう」

集合場所に戻って、びっくりです。

「あれー、バスがいない!!」

「私達、置いて行かれちゃった」

「えー！　どうする⁇」

真知子さんは言いました。

「俊ちゃんはどうしたのかな」

メキシコの観光が終わってからは、ベッタリ一緒ではなかったようです。

「俊ちゃんもバスの添乗員も、私達がいないことに気がつかなかったのかしらねー。まったく〜。信じられないわ。タクシーでホテルに帰るしかないわね。流しのタクシーは料金をぼられると大変なので、お店の人に呼んでもらいましょう」

サービスエリアなので、お店が何軒かありました。真知子さんは海外旅行の経験が豊富なのでした。多少の英語は話せるのです。と言っても単語を並べるだけのもの？　さっそくお店の女性に、「プリーズタクシー、アウァバス、マイバス！　ゴーアウェイ！　ウィアー　ゴー　トゥ　ザ　ホテール」なんだかヘンテコな英語でしたが、ジェスチャーも加えてどうやら通じたようでした。

その頃ホテルに着いた添乗員が、二人がバスに乗っていないのに気がつき、サービスエリアに迎えに行きましたが、すれ違いでした。真知子さんと鶴美さんはホテルのパンフレットは持っていたので、無事ホテルに着いたようです。真知子さんは笑顔で「センキュー、タクシーボーイ!」と、ホテルの前でタクシーの運転手と記念撮影です。真知子さんの写真好きに振り回された鶴美さんでした。

二人はホテルに一泊して日本に到着しました。「楽しかったけど最後がドタバタだったわねー、ねえ、鶴美」と、空港に着いてからの真知子さんの第一声でした。鶴美さんも「真知子さんのおかげで、楽しい思い出ができたわ。また来週からお仕事頑張りましょう」。

家に帰った鶴美さんは、みんなの笑顔を見て安心したようでしたよ。パセリと私チコリには三個ずつ、お土産がありました。二人は「わーい、お土産がいっぱーい!」。海辺で買ったビーズのミニポシェットとハンカチと、なぜか私チコリにはトカゲの置き物。私は爬虫類が好きなのです。しかもトカゲはピンク色。とても気に入って、結婚しても、ずーっと飾ってありますよ。一方、パセリにはトカゲではなく、メキシカンハットのミニチュアでした。帽子の色がグリーンに白いジャバラとスパンコールの模様の入ったオシャレなものでした。この帽子も飾っておけます。亀代さんにはメキシカンドール、目のパッチリとした人形です。この人形もメキシカンハットをかぶっていました。それと誰にプレゼントしても良いように、メキシカンハットのマグネット八個です。鶴美さんは、お土産を買うのが大好きなのでした。

ひとしきり鶴美さんは今回の旅の話をした後で、「ところでパセリとチコリは、私の留守中はどんなだったの？」と尋ねました。

「レタスちゃんが土曜日に遊びに来たよ。みんなでお好み焼を作って食べたの」とパセリ。

レタスちゃんは、もちろんニックネームです。パセリの短大時代の友人です。本当は鹿枝さんなのですが、パセリとチコリの名前がいいねえって言って、私も仲間に入りたいから、レタスってどうかしら。それで鹿枝さんはレタスちゃんと呼ぶようになりました。レタスちゃんは卒業後、幼稚園の先生になりました。子供が大好きでお料理も得意です。

「昨日も来てくれたよ」

「昨日はスペインオムレツを作って食べたよ」

「亀代さんにも作ってあげたよ」

「とっても嬉しそうだったよ」

「そんなことがあったのね。今度レタスちゃんに会ったら、メキシカンハットのマグネットをあげてね。お土産いろいろ買ってきて良かったわ」

レタスちゃんは、それからずーっと後のことですが、建築家の竹男さんと結婚しました。名前の通り竹のような男気のある素敵な男性です。レタスちゃんとてもお似合いでした。

お子さんも女の子と男の子が誕生して、鶴美さんのように、長女はミズナ（美繋）ちゃん、弟には竹彦くんと名付けました。

フラメンコで舞台に立つ

さて、鶴美さんの生活も普通に戻り、忙しい毎日が過ぎていきます。

そして近所に最近、水素サロンがオープンしました。新しもの好きの鶴美さんは、さっそく会員になりました。予約は必要ですが、十分間水素を吸うだけで疲れがとれて身体がリラックスするようでした。短時間なので、鶴美さんは会社帰りに週二回くらい通うようになりました。そんな日は、私チコリが夕飯を作ります。パセリも少し手伝います。鶴美さんが船に乗っている間に、ずいぶんと成長した私達でした。

このサロンには可愛い看板犬がいるのです。黒毛のミニチュアシュナウザーです。口髭がシュワシュワしているので、シュワちゃんと名付けられました。とっても愛らしい顔でお客様をお迎えします。つまり接客担当なのです。アニマルセラピーの役割のようです。鶴美さんは犬が大好きなので、ワンちゃん用のおやつを持っていくようになりました。なので鶴美さんはすっかりシュワちゃんに懐かれてしまいました。お店のオーナーさんが、「今日は鶴美さんが来るよ」とシュワちゃんに伝えると、午後のお昼寝もしないで、ソワソワしているみたい。「寝てる場合じゃないんだワン」。「お待たせ、シュワちゃん。今日も元気ねー」、とシュワちゃんから元気をもらう鶴美さんでした。鶴美さんも、いつまでも元気でいてねーと、私チコリは思ってます。パセリもですよ。

しばらくして、また真知子さんから連絡がありました。

「鶴美〜、お願いがあるんだけど」

「なあに?」

「私の通っている水彩画教室の絵のモデルになって欲しいんだけど」

真知子さんは、長いこと水彩画教室に通っていました。

「今回から人物画も描くようになってね」

「そんなー、私で良いのぉ⁉」

「大丈夫、大丈夫よ。じゅうぶんキレイ」

ということで約束の日、鶴美さんはオシャレをして向かいました。駅で真知子さんが待っていました。

「とりあえず来たけれど本当に大丈夫かねー」

「良いじゃない、今日のファッション」

「そう言ってもらえると嬉しいな」

教室に着くと三十人くらいの生徒が待っていました。びっ、びっくり！

「真知子、生徒さん多いのねー」

「この教室は歴史があるからね！　なんたって先生が御曹司よ」

「へえー」

先生のお父様は銀座で画廊を経営してます（なんか、元部長と被るナー?）。それで、この教室の先生は、サラブレッドらしい（あれ、乗馬を卒業したのに、また馬かぁ⁉）などと思いながらポーズをつけてもらって、いよいよ開始です。

サラブレッドの先生が登場しました。見るからにお育ちの良さそうな、元おぼっちゃまって感じでした。四十歳を少し超えているので、おぼっちゃまというよりは「元」がつきますよね。元おぼっちゃまは鶴美さんと出会いました。

「今日のモデルさんはとても良い感じですねー」。そう言われて鶴美さんは初めてのモデルに、自信を持ちました。

（そうかしらぁ、私まだまだいけてるかも、うふふ〜）

教室が終わってから真知子さんと先生と三人でランチになりました。先生がご馳走してくださいました。先生の名前は、山口喜朗さんと言いました。みんな、喜朗先生と呼んでいるみたいです。

「鶴美さん、と呼んで良いですか？」

キラキラした目で言いました。

「は、はい、良いですよ」

「鶴美さん、絵は描いたことありますか？」

「はい、学生時代に油絵を少し描いてました」

「油絵は良いですよねー。僕も本当は油絵を専攻していました。でも親父が水彩画を好きで、水彩画を描くようになりました。どちらも絵画ですから。

鶴美さん、またモデルしてくださいね。それとたまには、ビジターで水彩画を描きに来てくださいい。いつでも、教えて差しあげますから。道具はお貸しします」

喜朗先生は独身なのです。どうやら鶴美さんに、一目惚れしてしまったようです。恋のキューピッドは気まぐれですねー。それにとっても、いたずら好きのようです。またまた鶴美さん、年下の男性に惚れられちゃったみたい。

それからは鶴美さん、時々、喜朗絵画教室に顔を出すようになりました。鶴美さんは油絵しか描いたことがなかったのですが、水彩画の繊細な色使いや筆のタッチも魅力的でしたので、気分転換に絵を描きに行きました。喜朗先生の熱い視線を感じながら。喜朗先生も、鶴美さんを見ているだけで満足のようでした。不思議な関係が続きます。真知子さんはヤキモキしますが、二人はお構いなしでした。誰も入れない世界です。

二階の亀代さんもそんな鶴美さんの変化に気づいていましたが、そっと見守ります。亀代さんは誰よりも鶴美さんを愛していましたから。

そんな時、真知子さんの会社で新人さん募集のためのイベントが行なわれます。保険会社では定期的にあるようでした。

「鶴美、一度参加してくれない？　見せかけの〝さくら〟で良いのよ」

「私は今の仕事があるから～、保険の仕事は無理よ」

「いいの、いいの、スペイン料理食べられてフラメンコショーも見られるからさぁー」

と真知子さんは必死です。

また料理です。鶴美さんは心の中で（乗馬クラブも、料理から始まったっけ）（タダで、フラメンコショーにスペイン料理⁉）と、またまた参加することになりました。初めて見るフラメンコショーに鶴美さん、魅了されました。

その日以来、あの光景が頭から離れません。（私、踊ってみたい！）。鶴美さんは気がつけば、ずいぶんと身体を動かしていませんでした。（フラメンコダンスって、どこで習うのかしら？）。そんな時、カルチャースクールのチラシが新聞折込みに入って来たのを目にしました。来月の土日に、ワンコインで体験できるフラメンコ教室のお試しレッスンがありました。鶴美さんの家から一駅です。こんな近くにあったなんて良いかもしれない。

さっそく鶴美さんは体験に行きました。エアロビクスとは全く違う動きです。フラメンコダンスで初心者が習う、セビジャーナスという曲に合わせて動きました。踊れた訳ではありませんでしたが、楽しく体験できたようでした。カルチャースクールなので、好きな時に入会、退会も自由でした。（合わなければ辞めればいいわ）。軽い気持ちで習い始めました。鶴美さんのレッスン日の先生は、ご姉妹の先生でした。

その二人の先生のお母様も大（おお）先生で、ご自分のスタジオを持っていました。カルチャーを卒業したら皆、スタジオに入門するようでした。

フラメンコは最初に入門クラス～初級クラス～中級クラス～上級クラスとあるようで、初級クラスからスタジオに入るみたいです。鶴美さんは、まだ先の先。最初は妹先生に教えてもらいました。不恰好ではありませんでしたが、レッスンを重ねるうちに欲がでてきました。先生は妹先生から姉の先生に変わりました。妹先生が結婚して、赤ちゃんがお腹にいます。ちょうど姉妹先生は、パセリとチコリと年が同じくらいのようでした。大先生もきっと鶴美さんと同じくらいかもしれませんでしたが、鶴美さんは、自分のほうから年が同じくらいとは決して言いません。秘密みたいです。美容関係の仕事が長いのでお肌が美しいのです。

さて姉の先生に変わってしばらくして、姉の先生も結婚して、赤ちゃんができました。次の先生は大先生のスタジオで助手をしている先生でした。落合先生と言いました。生徒から出世した先生なので、生徒の気持ちがよく理解できる女性でした。

「みんなー、先生がいろいろ変わって大変だったけど、これからはずーっと私が指導させていただきますねー」

「はーい、宜しくお願いしまーす」

カルチャーでも発表会がありました。発表会前には、大先生が自分のスタジオでカルチャー生徒を指導します。

鶴美さんは、私達に言います。

「私は大丈夫よ、発表会はエアロビクスで体験済みよ」

パセリと私は、

「へえー、すごい自信ねえ」

亀代さんはというと、

「鶴美さん、今度はフラメンコダンスで舞台に立つのね。だんだんステージが大きくなって、スゴイわねー」

ただただびっくりするばかりでした。

大先生の指導は優しいのです。初めての発表会で緊張する生徒に言いました。

「大丈夫よ、間違っても良いのよ。笑顔でね〜。鶴美さんは一回目の発表会はどうだったのかしら。気になりますね〜」

「まあねー、私はごまかすのが得意だから、見てる人にはわからないわよ」と、澄ました顔で言いましたっけ。やっぱりまたミスったみたいでした。

鶴美さんは、どんどんフラメンコダンスにハマっていきました。フラメンコ発表会も二回経験したある日、白金に教室を構えるとても素敵な先生と出会いました。カルチャーは、まだまだ卒業になりそうもありません。四年近く習っているというのに、セビジャーナス（基本のダンスで初心者向けで最初の曲）と、ファンダンゴの二曲です。この曲にパリージョというカスタネットを鳴らして踊る、四パターンです。

ファンダンゴは終了しましたが、二曲ともパリージョはこれからです。それで鶴美さんは移籍を決めました。（今までありがとうカルチャーの先生方！　鶴美は次のステップへ進みます）とひとり言です。

今度のお教室は白金にありました。先生の名前は矢沢遥子（はるこ）先生です。鶴美さんが新聞の広告を見て応募した、矢沢遥子フラメンコリサイタルで偶然、無料ペアチケットが当たりました。端の席でしたが前から二列目でした。会場でもらったパンフレットに遥子先生のフラメンコ教室のことも書いてありました。

「ハルコ・フラメンコアートスクール」

アートスクールか、そういえば私の出身のデザイナースクールも、「ファッションアートスクール」だったっけ。その響きに共鳴して気持ちが動きました。それと遥子先生のダンスの表現が、とても芸術的で品性が感じられました。(ちょっと遠いけど通ってみるかなー)。そこから鶴美さんは、「シロガネーゼ」になりました。

亀代さん、「今度はシロガネーゼ？　鶴美さん、ス・テ・キ」。

フラメンコ教室の先生は、どの教室の先生も綺麗です。カルチャーの大先生、ご姉妹先生、次にバトンタッチした先生、皆様が輝いていたようです。遥子先生も美しい女性でした。遥子先生は幼少より、モダンバレエ、クラシックバレエ、フラメンコ、他タップダンス、ピアノ、声楽、哲学、心理カウンセリング等、幅広く指導者として必要な勉強をされました。ラテンパーカッション、津軽三味線、ジャズピアノ、ジャズボーカル、端唄、それに日本舞踊……数えあげたらきりがないほどの多才な先生でした。そしてスタジオ風景もカルチャーとは違いました。入り口のドアも鏡仕立てです。(ここでレッスンするんだわ、私)と、スタジオに入っただけで鶴美さんはテンションが上がります。

しかも生徒が少人数なのです。昼クラス、夜クラスを合せても二十人程度でした。一人一人が自分のレベルに合わせて、レッスンを受けます。初心者の入門クラスから、中級者、上級者までの生徒達を遥子先生は丁寧に教えてくださいます。鶴美さんは会社を早退して、昼クラスに参加しています。レッスン代もチケット制なので、毎週通わない生徒もいて、昼クラスはいつも八人くらいでした。

鶴美さんは船旅以来、マルチビタミンのサプリメントを飲み始めました。船上のセミナーでサプリメントの必要性を、しっかり勉強したのでした。少しでも老化のスピードをゆっくりにしたいと思ったみたいです。ハルコスタジオは遠いのですが、サプリメントのせいか、そんなに疲労感はありません。それに、なんといっても遥子先生が素敵すぎます。ダンスの振り付けも素敵です。

ハルコスクールは、一曲が半年で終了しました。どんどん進みます。遥子先生はカルチャーの大先生と同じか、それ以上に優しかったようでした。惜しげもなく、ご自分のダンスを生徒達の前で披露してくださいました。毎週毎週、間近で先生のダンスを見られるので、皆うっとり見ていたようです。(キャー、この教室は良いわー)。

鶴美さんは私に言います。

「チコリ、今度の教室は素敵なのよ。先生がね、毎回目の前で踊ってくれるのよ。カルチャーではチョコッとだけだったのよ」

この頃には、パセリは結婚して家を出ましたので、いつも私が話を聞く役目でした。パセリには私から時々鶴美さんの近況を伝えています。

パセリと私は、「フラメンコダンスを一度見ただけで、〝私も踊ってみたい〟と思うかしらねー」「やっぱり、鶴美さんは変わってるよね」といつも話します。

鶴美さんは遥子先生に娘達の会話のことも話をしたようです。遥子先生は、「見たことがなければ踊りたいとも思わないでしょ」と言ったそうです。よくわかりませんが鶴美さんの気持ちは普通のことと、評価したようです。鶴美さんは必死で稽古に励みました。

ハルコスクールも一年おきに発表会がありました。鶴美さんは、ハルコスクールに通い始めて一年が経ちました。今年は発表会が行なわれます。鶴美さんにとってはハルコスクールでの一回目です。発表会の準備は半年前から始まります。鶴美さんは、もちろん参加を決めました。ワクワクしてるみたいです。メインの演目が決まりました。「アレグリアス」という曲でした。喜びの歌です。舞台では三人で踊ることになりました。「えー！ 三人だけ？」（カルチャーでは三十四人、集団で踊ったのに。三人なんて目立ちすぎー）。でもやるしかないわーとチャレンジ精神旺盛です。

発表会は、一部、二部、三部と構成されています。一部はバレエ部門、遥子先生はバレエも教えています。二部がフラメンコ部門、三部はバレエの生徒とフラメンコの生徒とで、お芝居、ダンスを披露します。もちろん遥子先生も出演します。そして全員でフィナーレ。振り付け演出、全て遥子先生です。憶えなくてはいけないことがたくさんありました。ダンスの振りは、自分がわかりやすいメモ書きを作って憶えましたが、なかなか大変です。カルチャー時代とは少し様子が違いました。

さてどうしよう。そうだ水素サロンのオーナーに相談してみよう。レッスンの帰りにさっそくサロンに寄ってみました。看板犬のシュワちゃんも、思いがけずの鶴美さん来店に大喜びです。

「おやおや、今日はどうしたのですか？」

「ちょっとサプリメントのことで相談があるのです。記憶力の良くなるサプリってあるのですか？」

オーナーはサプリメントのことを勉強していて、とても詳しいのです。

「それならイチョウ葉のサプリメントが良いですよ。頭がスッキリするとの評判で、認知症の予防にもなりますよ」

「では試しに飲んでみようかしら？」

という訳で、さっそく飲んでみることにしました。サロンの会員になっている鶴美さんは少し安い価格で購入できました。そして鶴美さんは通勤電車の中でも隙間時間に、手書きのメモを見てダンスのイメージトレーニングを心がけました。朝晩にはイチョウ葉サプリです。

ある日のレッスンの時でした。いつもは遥子先生から、「鶴美さん、手が反対ですよ！もっと大股で歩きましょう！　足も大きく上げてねー」などと注意されていたのですが、「鶴美さん、最近きちんと踊れていますねー、それに振りを憶えるのが早くなったわね。コツコツ努力してるものね」と褒められました。

「え、そうですか、嬉しいです」（イチョウ葉のことは内緒よ、オーナーありがとう）。「発表会に向けてさらに努力します」と答えました。遥子先生は、「あんまり無理しなくて良いわよ、普通にね」と言ってくださって、なんだかホッとした鶴美さんでした。「発表会が楽しみよ」と、遥子先生は微笑みました。

鶴美さんは子供の頃から運動神経が良いほうではありませんが、何事にも努力を惜しまず、人一倍の努力家なのでした。学生時代にファッション画の先生から聞いた言葉が、いつも頭にあるからです。

『才能のある人と普通の人との差は、たった一％なのよ。九十九％は努力した人のもの、あとの一％は持って生まれた才能のある人よ。だから、みんなも努力すれば、デザイン画も書けるようになります。努力あるのみ！』

ファッション画の授業で坂井先生の描くスタイル画は、顔の表情も素敵で美しかったそうです。鶴美さんはその言葉を今でも信じています。でも私チコリからしてみると、適当に手抜きもしているようにも見えますけれどねー。それと鶴美さんは自分に才能がないのは百も承知です。運動系はエアロビクスから始まって乗馬、今はフラメンコ。少しずつ身体が運動慣れしているのかもしれません。

さて発表会の準備も、遥子先生の指導で予定通り進みます。時には、それぞれの生徒に別枠で個人レッスンも行ないます。そんな時は、一時間、広いスタジオに遥子先生と二人きりです。私が鶴美さんに「今日の個人レッスンはどんなだった？」と聞くと、「うーん先生と二人きりだったから緊張したけど、とても優しく教えてくれてね、楽しかったよ」と満足気です。

発表会までの期間に四〜五回、プロの先生方の生演奏を交えた音合わせをします。フラメンコギター、カフォン、ドラムにピアノ、それにカンテと言われるフラメンコ歌手の先生です。この時は遥子先生はでしゃばりませんが、全てのことができるみたい。素敵な先生にめぐり会った鶴美さん、家に帰った鶴美さんは「チコリ、今日は音合わせだったのよ。いつもはＣＤの曲だけど生演奏に生の歌で練習したのよ。演奏と歌に聞き惚れちゃったわ」と興奮さめやらぬ様子でした。私チコリも、発表会が楽しみです。鶴美さん、仕事とフラメンコと充実した日々を過ごします。

発表会まであと三ヶ月というところまできました。出演する生徒達は相変わらず練習に励んでいます。生徒達は練習用のスタジオで自主練習をします。自習練習のある日、先輩達にまじって踊っていました。ひと通りのダンスはできるようになりましたが、自分のなかで今いち納得いきません。鶴美さんが「私は才能がないから悲しいわ」「ほんとうは向いてないのよ」と言ってみた時のことでした。その場にいた五人の生徒達は、誰も否定してくれなかったようです。あまったれないで練習に励みなさい、ということなのでしょう。先輩達は皆様、ハルコスクールにプライドを持っているのでした。そうか、泣き事を言っている場合じゃないんだ。九十九％は努力次第だっけ。まだ発表会までは時間はあります。立ち直りの早い鶴美さんは、再びレッスンに励みました。

発表会は三部までありました。鶴美さんが私に話してくれました。

「チコリ、三部はちょっとした、お芝居があるのよ」

「へえー、鶴美さんは昔、舞台女優に憧れてた時期があったって言ってたね。素敵じゃない」

「でもセリフがないのよ、楽かもね」

その第三部なのですが、「バレエとフラメンコによるファンタジー」創作舞踊です。今回はお店の主人や従業員、お客みんなで、楽しい物語が展開します。台本・演出・振付・指導、全て遥子先生でした。バレエ・パントマイムとジャズダンスは二人のプロの先生も加わって、とても華やかです。遥子先生はみんなに、それぞれ平等に役を決めます。鶴美さんはもう一人の女性とで、買物に訪れる婦人の役です。少し演技力を必要とされました。しかも音楽に合わせて動きます。あっちへ行ったり、こっちに来たり。ペアを組む女性に鶴美さんが言いました。

「ねえミーちゃん、思った以上に難しいのねー。二人の息が合わないと、ドタドタになっちゃうわね」

「そうよね、でもまだ日にちはたっぷりあるから大丈夫よ」

そうだった。鶴美さんの会社の先輩でいつも「根拠はなくても大丈夫！」って、常に前向きの人がいたっけ。その言葉を思い出して、またまた立ち直った鶴美さんです。

他にはお店に訪れるお客様に混じって遥子先生も登場します。プロのバレエダンサーとバレエの生徒達はお客様と従業員、フラメンコの先輩達はお客様、ジャズダンスのプロはお店のオーナー役、とそれぞれが似合った役どころで、とても楽しいファンタジーが繰り広げられます。バレエの生徒は四歳から中学生まで。とても可愛い姿を見て、（私も小さい頃バレエに憧れていたっけ）と鶴美さん。

私が聞いたところによると、何でも初めて習いに行った近くのバレエ教室で、稽古着がなくて代わりの変てこな服を着せられてレッスンを受けたらしいです。それで五歳の鶴美さんは一日で辞めたそうです。鶴美さんのお父さん、私のおじいちゃんなのですが、月謝を払ってしまったのでカンカンに怒ったそうですよ。鶴美さんは小さい頃から、こだわりを持っていたのですね。

お話は発表会の準備に戻ります。発表会の二ヶ月前です。追い込みにはうってつけの五月の連休がありました。連休中は毎日、ハルコスクールで遥子先生の指導のもと、猛練習です。えー、連休返上！　モーレツです。おかげで生徒達はだいぶ自信がついたようでした。

発表会本番まで一ヶ月となって、バレエの生徒達、ハルコスクール全員での合同練習、日を変えて楽器演奏の先生方との音合わせ。生徒全員の集まる日が多くなってきました。「あー早く終わってほしいわー」と鶴美さんはつぶやきます。私だって横で見ていて疲れるけれど、鶴美さんには言えません。そんな時、鶴美さんは水素サロンに行ってシュワちゃんに癒されます。シュワちゃんは立派なセラピー犬ですね。そして、ゲネプロという作業を二回終えて、いよいよ本番です。ゲネプロとは、オペラやバレエ、演劇などの舞台芸術やクラシック音楽において、初日公演や演奏会の本番間近に本番同様に舞台上で行なう最終リハーサル、「通し稽古」のことを意味します。出演者も衣装を着て本番さながらの動きをします。語源はドイツ語「General probe」（ゲネラルプローベ）から来ていて、「総合的な稽古」という意味だそうです。照明も本番通りです。まあここまで段階をふめば大丈夫でしょう。

鶴美さん、とうとう本番の日が来ました。日曜日でした。朝九時に楽屋入りします。メイクと髪型を整えて、今度は短いリハーサルです。ゲネプロとは違います。本番前に張り切り過ぎたら疲れちゃいますよねー。この日は午後三時から開幕します。控え室で会場の様子がモニターで見られます。遥子先生がモニターを見て、「さあ開場しましたよ」と言うと、お客様が次々と席に着くのが見えました。「いよいよね、充分練習したから大丈夫。いつも通りにね」と背中を押してくださいました。鶴美さんから後で聞きましたが、さすがにこの時は、緊張していたみたい。

一部はバレエの生徒達、二部は鶴美さんが習っているフラメンコ、最後には遥子先生が優雅にステップを踏みます。先生が踊る曲名の「ガロティン」を調べてみると、聖ヨハネ祭で踊られた群舞の時に持っていた小さい木の棒のことのようです。何で題名に小枝の名前が付いているのかわかりません。もう一つ、聖ヨハネ祭の日に恋人の家に小枝を飾る風習があるらしいと書いてあります。フラメンコのガロティンは、口説き唄で、コケティッシュ（あだっぽい、艶っぽい、色気のある、なんて意味）に踊るものだと言われています。ステキな帽子をかぶって踊ります。帽子のことを、コルドベスと言います。遥子先生のガロティンは、先生のお人柄なのか、とても優雅なものでした。鶴美さんも、ハルコスクールに長く通っていれば、ガロティンを踊ることもあるのかしら。チコリは、とても楽しみです。

そして三部、フィナーレも無事終了しました。鶴美さん、お疲れ様でした。

次の日、さっそく聞いてみました。

「それで今回の発表会はどうだったの」

「もちろん大丈夫だったわよ。ノーミスよ、ふふ。楽しかったよ」

ずいぶんと成長したものですねえ、娘のチコリが言うのもなんですが。とにかく終わりました。良かったですね。

次の週は、ハルコスクールは全体でお休みでした。発表会リセットと体力回復のためでした。そしてさらに次の週から、また、いつも通りのレッスンが始まりました。遥子先生が言いました。

「発表会は二年後だけど、今年の秋には、ジャズダンスの先生の教室の発表会に、賛助出演よ。これは私が企画しなくて良いので、楽ちんなのよ」

遥子先生はいつも楽しそうなのです。生徒にフラメンコを教えることと、ご自身も踊ることが大好きなのでした。

「また発表会と同様、希望者のみだけどねー。鶴美さん！　参加するわよね」

「は、はい」

「そして来年は小さいタブラオで、ソロ（一人で一曲を踊ること）で踊りましょう」

「は、はい」

タブラオとは、バル（居酒屋）やレストランで板張り舞台のあるところを指します。スペインで生まれたようです。食事をしながら、お酒もショーも楽しめます。小さな空間ですので間近で大迫力です。（何だかまた忙しそうだナー）。大変なお教室に入会したようですね。それにしても発表の機会の多い教室です。毎年と言ってよいくらいでした。発表会のない年は小さなステージでソロで踊らされます。遥子先生は、発表会では群舞が中心なので、生徒みんなにソロで踊ってもらいたいようでした。

レッスンを始めて二年も経つと「そろそろソロで踊ってみない？」とお許しがでるのですが、さあー大変です。何人かで踊る群舞と違って一人で踊るのですから。鶴美さんもご多分に洩れず、群舞・ソロ・群舞・ソロと踊るようになりました。おかげで舞台度胸がついたようです。

「鶴美さん、舞台慣れしてきたわねー」

「えー！　そうですかぁ。嬉しいです」

私から見るとまあまあの出来映えでしたが……。プロの踊り手と比べてはいけません。鶴美さん、頑張っているのですから。パセリと私は言います。

「大勢の人の前で踊るなんて、私には考えられないわ」

こうして鶴美さんは、〝ハルコスクール〟に大満足でした。

そして、フラメンコダンスを習い始めると、フラメンコ劇団の公演やタブラオでのステージ公演を見る機会がありました。それも楽しみの一つでした。私も鶴美さんに連れて行ってもらいました。

運命の〝推し〟に出会う！

そんな中、ある劇団員の若手ダンサーと運命的な出会いがありました。八年くらい前になります。彼の名前はフジノ清志郎さんと言います。お友達になりました。清志郎様（鶴美さんはいつも〝清志郎様〟と呼びます）の劇団は舞台公演が多いのです。スケールの大きい劇団です。メジャーなフラメンコの楽曲も披露することもありますが、ハルコスクールのように物語をフラメンコショーで展開もします。ストーリーがあり、オリジナルの楽曲で振り付けも斬新でした。鶴美さんはその劇団にすっかりハマってしまったようでした。観劇に行くと必ず次の公演のチラシをもらいます。毎回行く訳ではありませんでしたが、ある時、清志郎様のソロリサイタルのチラシをもらいました。このフラメンコショーは絶対行かないと。

「チコリ、一緒に行こうよ」

「ウーン行く行く」

ということで一緒に鑑賞しました。清志郎様のワンマンショーでした。フラメンコステップも決まってました！　衣裳のセンスも良くて、もう最高でした。鶴美さんでなくても、ファンになってしまいます。私チコリもでした。そして、もちろん鶴美さんはチラシに書いてあったパソコンのメールアドレスに感想を送りました。次の公演の時も、その次の公演も、そのまた次の公演も。フラメンコを見て、お勉強するというレベルではありません。プロ集団ですからね。しだいに、この舞踊団の公演は、欠かさず行くようになりました。地方とか海外は無理でしたけど。

舞踊団を率いるトップの女性は、女王様のように煌びやかで、ものすごいオーラを放っていました。遥子先生とは違った魅力でした。トップの女性が女王様なら、遥子先生は優雅な女神様のような女性です。遥子先生も、プロですから素晴らしいフラメンコを披露します。でも一緒に踊る取り巻きは生徒なのでね～。女王様は一緒に踊る女性達と男性は、清志郎様を含めて皆、舞踊団のプロフェッショナルなパーフェクト軍団なので、それはそれは圧巻でした。それに舞踊団は、フラメンコの本場、スペインでも何回か公演を行っており、スペインでの評価も高く有名になってきました。鶴美さんも、とても喜ばしく思っています。そして公演の内容も、完全オリジナルで最近は、日本古来の物語に和楽器の演奏を取り入れています。特に三味線に合わせたフラメンコステップは、不思議な雰囲気を醸し出していました。

ある日のことでした。清志郎様から、鶴美さんに一通のメールが届きました。驚いてメールを開いたところ、なんとあんなに熱心に送った今までのメールは、全く見ていなかったのでした。清志郎様は、どうやら十ヶ月以上もパソコンのメールを見ていなかったのです。鶴美さんも清志郎様からの返事も期待していなかったので、気にもしませんでした。

「こんなに熱心に毎回の感想を送っていただきまして、ありがとうございます。次回から

は、こちらのアドレスに送ってください」

と携帯のメールアドレスが書いてありました。そうこうしているうちに、清志郎様から、次回の公演の案内メールが、鶴美さんの携帯に届くようになったのです。「チケットは清志郎様に頼んでも良いのですか?」と鶴美さん。こうして毎回の公演チケットは、清志郎様から直接届くようになりました。

清志郎様のタブラオのステージを鶴美さんの友人と一緒に見に行った時のことでした。友人の女性が鶴美さんに尋ねました。

「清志郎さんは鶴美さんの顔を知っているの?」

「いいえ、知らないわ。メールでのやりとりだけだからねー。知らなくていいのよ、顔を知られたら歳もバレちゃうし、ドキドキしちゃうから。ハハハ」

タブラオは出演者との距離も近いのでなおさらのこと。お酒も飲めて食事もできるので、舞台とは違った楽しみがあります。一緒の女性はカルチャー時代の後輩なので話が合うようです。

そしてまた別の日、タブラオ出演の清志郎様を見に行った時でした。鶴美さん一人でしたので案内された席に着きました。鶴美さんより少し歳上の感じの女性が二人前に座っていました。隣りには品の良いご夫婦が座っていました。ステージはいつものように一部と

二部で構成されていて、ギターのソロ演奏が入ったりして臨場感あふれるものです。

一部と二部の間の休憩の時でした。一人でも楽しそうにしている鶴美さんに、ご夫婦の男性が話しかけてきました。鶴美さんのすぐ隣りでした。

「こういったところには、よくいらっしゃるのですか？」

「そうですよ、私はこの舞踊団の清志郎様のファンなのですよ」

「それは嬉しいですねえ。清志郎は僕の息子です」

「ではお隣りの女性はお母様ですか？　それは光栄です」

気を良くしたお父様は、自分のワインのデカンタから「よかったら一杯どうぞ」と鶴美さんのグラスについでくださいました。鶴美さんのスペイン赤ワインのグラスがカラでしたので、タイミングが良かったようでした。（お父様は気がききますねえ）。

前に座った女性達は、清志郎様の小学生時の先生とのことでした。

「清志郎さんは小さい時から、とてもみんなに優しくてねー。ちっとも変わらないのよ」

「清志郎様って本名なのですか？」

いろいろ会話が弾みました。お父様お母様、先生達、皆さん楽しそうでした。もちろん鶴美さんも。

二部が始まりました。一部よりもさらに盛りあがり、華麗なステップやフラメンコギ

ターが、鳴り響きました。今宵も素敵な時が流れました。清志郎様の舞踊団は年に二回から三回くらい公演がありました。でも、そうそう一緒に行ってくれる友人もいません。「いいの、いいの、一人で。私は一人で鑑賞するのが好きなの」と、私チコリに言います。

鶴美さんがいつものように一人で鑑賞に行った時のことでした。この日もタブラオ出演です。いつものように開場時間に行きました。ところが中に入れません。リハーサルが延びたようでした。しばらく通路で開場を待っていた時です。鶴美さんの前を、リハーサルを終えた舞踊団が、ゾロゾロと通って楽屋に行くのでした。え！　清志郎様が鶴美さんの前を通りかけた時、まっすぐ前を見て歩いていましたが、鶴美さんはドキドキしながら会釈をしてしまいました。鶴美さんに気付いたかはわかりません。一瞬の出来事でした。

予定時間を十五分くらい過ぎて開場しました。お席は舞台に立つ清志郎様の側の最前列の、真ん中ではなく端のほうでしたが、一人で申し込んだお客がまとまって座りました。鶴美さんの隣の年配の男性は、美香さんという若い女性ダンサーのファンでした。美香さんとはＳＮＳで繋がってるよー、と大得意でした。一部の休憩の時にとても嬉しそうに話してくれました。

この夜も華麗なステップの競演でした。公演が終了して出口から鶴美さんが出てきた時でした。さきほどの通路で公演を終えた清志郎様が、少し離れて誰かを待っていたようで

した。まさか鶴美さんではないとは思いますが、清志郎様と偶然目が合ってしまいました。お辞儀をして退場するのも、ドキドキでしたねー、鶴美さん。後日、清志郎様にいつものように感想メールを伝えました。清志郎様は鶴美さんを認識していたようで、メールですが、「お会いできて良かったです」と書いてくださいました。

鶴美さんは、時にはファンレターを書いたりもしたようです。そうしているうちに、清志郎様からも手紙が届くようになりました。清志郎様は筆まめなのです。途中から顔もわかっていただいたので、さらに親近感が増したようです。

「チコリ、清志郎様から、お手紙が届いたよ〜。うーん、幸せ」

まあ良いことですけれど、清志郎様はパセリと同じくらいの歳なのですよ。

鶴美さんたら、公演のチラシも「手紙」と呼んでいます。清志郎様はチケットを送ってくる手紙にも、いつも一言書いてあります。鶴美さんでなくても感激しちゃいますよね。それにいつも良いお席でした。最近はラインでのやりとりも多いみたいです。時にはラインで悩み事を相談したりもしているようですよ。もちろんフラメンコレッスンのことですけれど。

レッスン年数が三年くらい経ってくると、ステップもだんだん難しくなってきます。「孤独」や「悲しみ」を意味するソレアという曲は「フラメンコの母」と呼ばれ、フラメンコの中でも特に重要な曲種です。ゆっくりのテンポから始まり、最後は軽快なリズムへと変化するという、ダイナミックな構成になっています。

「清志郎様、『ソレア』のステップがなかなかできなくてー、先生に注意されましたあー」

「それは先生が鶴美さんに期待しているからですよ」と清志郎様。「誰でも最初からスムーズにできる訳ではありませんよ。コツコツ練習していれば、できるようになりますよ。諦めないで続けてくださいね。いつでも相談にのりますよ」。

ガンバレとか、おやすみなさい、とかのスタンプも送ってくれました。清志郎様は優しくアドバイスしてくれるようです。(なんて素敵な人なのかしら)。清志郎様はファンにとても優しいのです。

鶴美さんは、清志郎様にまだあまりファンがいない時代にいち早くファンになりました。その時からずーっと鶴美さんの〝推し〟なのです。鶴美さんの頭の中は、いつも清志郎様でいっぱいでした。それからまた、偶然ですが、鶴美さんの家の近くの公会堂でスペインの有名ギタリスト、エビサロスの公演があり、鶴美さんは、早々とチケットを自分で購入していました。そのエビサロスの公演に清志郎様の賛助出演が急遽決まり、びっくりしました。

鶴美さんは、「私は家の近くなのでチケット持ってます。前から四列目の真ん中です」と清志郎様に伝えました。公会堂が鶴美さんの家の近くと知った清志郎様。

「いつか鶴美さんの家の近くで自分のリサイタルをやりたいな〜」

「嬉しいですね〜。実現させたいです。その時は私、清志郎様のマネージャーになります」

「ぜひ‼　お願いします」

なーんて二人とも思わず口にしたようでした。（でもマネージャーってスポンサーを探さなくてはいけないのでは⁉）（まあ思っていれば叶うのかな〜）。

ところで鶴美さんは喜朗さんのことも忘れてはいないのです。時々は絵も描きに教室にも顔を出しているのでした。

鶴美さんたら、二股⁇　それにしてもまた年下です。さて、喜朗さんとの恋のゆくえは。

清志郎様のマネージャーは。

清志郎様は、鶴美さんに言いました。「夢は実現する‼」。鶴美さんも清志郎様に「私も本気です‼」。これから実現するのかな〜。パセリも私チコリも、それから亀代さんも楽しみです。

あとがき

最後までお読みいただきまして、ありがとうございました。この物語はフィクションです。幸せな未来を書きました。

私は中学生の頃から本に興味を持ち、物語を書いてみたいとずーっと思っていました。一作目を少し書いてみたところ、家族に原稿を見られてしまいました。ひやかされてとても恥ずかしくて、そのまま封印してしまいました。

それから長い年月が経ちましたが、本を書くという思いは持ち続けていました。この本を読んでいただいた方に伝えたいのです。人生はレストランと一緒、美容の先生にそのような話を聞いたことがありました。レストランは注文すれば、お料理が目の前に現れます。それと同じで、思い続ければ必ず現象は目の前に現れます。私も、ずーっと思っていました、本を書きたい、と。

一昨年、文芸社の懸賞小説に応募してからのことです。大賞は取れなかったけれど、書籍化の夢が叶いました。いつも思っていれば、思いは必ず叶います。皆様も諦めずにやりたいこと、なりたい自分を思い続けてくださいね。私もまだまだ思い続けていることがあります。皆様と一緒に夢を実現させましょう。そして私の長年の夢を実現させてくださった文芸社、出版にご尽力していただいた皆様方、また、本を書くにあたり情報提供してくださった皆様、全ての方に深く感謝申し上げます。ありがとうございました。

仁藤ちどり

二〇二五年一月

著者プロフィール
仁藤 ちどり（にとう ちどり）

千葉県出身。

山脇服飾美術学院・コスチュームデザイン科卒業、オンワード樫山に就職。

子育てが一段落後、デザイナー復帰ではなく、美容業界の仕事に携わる。

文章を作る事が好き。ある時、墨の香りに誘われて書道を始め、現在、自詠の俳句・短歌を書作する日々を送る。

パセリとチコリと、鶴美さん

2025年4月15日　初版第1刷発行

著　者　仁藤 ちどり
発行者　瓜谷 綱延
発行所　株式会社文芸社
〒160-0022　東京都新宿区新宿1－10－1
電話　03-5369-3060（代表）
03-5369-2299（販売）

印刷所　TOPPANクロレ株式会社

©NITO Chidori 2025 Printed in Japan
乱丁本・落丁本はお手数ですが小社販売部宛にお送りください。
送料小社負担にてお取り替えいたします。
本書の一部、あるいは全部を無断で複写・複製・転載・放映、データ配信することは、法律で認められた場合を除き、著作権の侵害となります。

ISBN978-4-286-25849-2